SHOP

렌탈 무기점 아리체 2

This is rental shop ariche for your adventure.

△월 ○일 맑음

이곳은 렌탈 무기점 아리체.
그대가 바라는 힘을 주도록
하마. 검, 도끼, 창, 활, 방패,
갑옷 등등, 마음대로 골라
보도록. 자, 무엇을 원하는가?

가 씨의 가게 일기

「현재 포인트 2배
캠페인을 실시 중입니다!」
〈에란티〉

╳월 △일 맑음

새로이 출몰한 던전에 사람들
이 몰리고 있다. 모험을 떠나기
전에 우리 가게에 한번 들러
보도록. 아무리 신출내기라 할
지라도 무사히 생환할 수 있는
상품이 가득하니까. 최근에는
던전 전용 세트도 추가했지.

가 씨의 가게 일기

「이 전신 일체형
아머를 추천해!」
〈아리체〉

「일러스트가 들어간
검과 방패 세트도 있다!」
〈릴〉

×월 △일 흐림

무시무시한 괴물―― 밝혀지는
진실. 그대에게 몸을 지킬 수단은
있는가. 만약 없다면 이 앞으로는
발을 들이지 말도록.

가 씨의 가게 일기

「여기까지 왔는데 어떻게 물러나.」
〈코테츠〉

렌탈 무기점 아리셰 2

Author.
타구치 센넨도
Illust.
토베 스나호

가 씨

에란티

아리체

RENTAL WEAPON SHOP ARICHE 2

?????

코테츠

릴

CONTENTS

권두, 본문 일러스트/토베 스나호
권두, 본문 디자인/AFTERGLOW

상품 목록

🎷 장 검 🎷
롱 소드, 쇼트 소드
브로드 소드, 커틀러스, 시미터 etc

🎷 대 검 🎷
클레이모어, 바스타드 소드
츠바이헨더 etc

🎷 단 검 🎷
나이프, 쿠크리, 맹고슈
아머 브레이커 etc

🎷 창 🎷
할버드, 스피어
랜스 etc

🎷 도 끼 🎷
배틀 액스, 핸드 액스
토마호크

🎷 활 🎷
쇼트 보우, 롱 보우, 크로스보우
※속성 화살 10발 세트 서비스 중

🎷 그 외 🎷
곤봉, 슬링
바람총 etc

🎷 경 갑 🎷
레더 메일, 스케일 메일, 방패
※각 부위별, 전신 세트로도 렌탈 가능

🎷 중 갑 🎷
플레이트 메일
※전신 세트 렌탈만 가능

🎷 특별한 갑옷 🎷
인형 옷 아머

뭘 빌려 가면 좋을지 망설이는 손님을 위해
· 종업원 추천 〈기본 세트〉
· 던전에서 반드시 무사 생환할 수 있는 〈탐색자 세트〉
· 사냥한 마물을 요리할 수 있는 〈서바이벌 세트〉

🌀 A급 이상은 속성이 부여된 상품도 있습니다
🌀 화염, 물, 번개, 바람, 흙, 얼음, 각 속성별로 준비되어 있습니다

요금 [가츠]	당일	1박 2일	3박 4일
B급	50,000	70,000	100,000
A급	80,000	100,000	200,000
S급	200,000	300,000	400,000
S급 최신작	500,000	700,000	1,000,000

◈ 렌탈 무기점 아리체 ◈

~~힘을 원하는가~~ : 힘을 원한다면, 주겠다!

어서 오세요!

렌탈 무기점 아리체에 잘 오셨습니다.

어떤 무기나 방어구라도 갖추었습니다.

어떤 마물이라도 반드시 물리칠 수 있습니다.

만약 베이지 않는 마물이 있으면,

요금은 환불해 드리겠습니다.

그 대신, 그 마물의 정보를 알려 주십시오.

특수한 무기가 필요하실 경우 말씀해 주시기 바랍니다.

3일만 있으면 제작 가능합니다.

그 밖에 궁금하신 사항이 있으면, 무엇이든 물어보십시오.

우수한 종업원이 어떤 질문에도 대답해 드립니다.

다들 무서운 사람이 아니니,

가벼운 마음으로 말을 걸어 주십시오.

그래도 작업장은 엿보지 많았으면 좋겠는데……

주인백

◇

파니츠 왕국, 레디나이트 성시.

그 3번가 변두리에 우리 가게가 있다.

"흐아~암……."

나는 하품을 하면서 오늘도 가게 앞을 청소했다. 빗자루로 먼지를 쓸고, 떨어져 있는 쓰레기를 줍고, 벽에 걸어 둔 간판을 닦았다.

간판에 적힌 '렌탈 무기점 아리체'라는 글자는 오늘도 길을 오가는 손님들에게 자신의 존재를 어필했다.

"매일 아침마다 고생이 많군, 코테츠."

그 간판 바로 아래에 앉아 있는 가고일인 가 씨. 짐승 악마의 모습을 띤 석상으로, 어떻게 보면 우리 가게 제2의 간판이나 다름없다. 그 가 씨는 간판과 마찬가지로 꼼짝도 않고 길가를 바라보고 있었다.

오늘도 아침부터 모험자들이 길가를 지나다녔다. 성시 밖이 아닌 성시 중앙 쪽으로 향하는 사람이 많은 건 그곳에 모험자 길드가 있기 때문이리라. 그들은 길드로부터 마물 토벌 퀘스트를 받고자 늘 아침 일찍 일어났다.

"좋은 아침, 코테츠 군!"

"안녕하세요!"

우리 가게에 단골로 오는 모험자가 손을 흔들었다.

"이따가 갈 테니, 좋은 무기 좀 남겨 줘!"

"저희 가게에서 취급하는 무기는 다 좋은 것밖에 없다고요!"

그들은 아침에 모험자 길드에 가서 퀘스트를 받고 다시 우리 가게로 온다. 그리고 무기를 챙겨 성시를 나가는 것이 그들의 일과였다.

"그리고 릴 씨도 좋은 아침! 오늘도 화사하구먼!"

"당연하다. 내 방어구는 항상 손질하고 있으니까!"

릴이 가게 문을 열며 모습을 드러냈다. 선전과 실험을 위해 전신 갑옷을 입고 있는 그녀는 에이프런 차림에 청소 도구를 들고 있다. 실제 모습은 굉장한 미인이라는 소문이 있지만, 애석하게도 본 적이 없었기에 뭐라 할 말이 없었다.

"코테즈, 여긴 내가 청소하겠다. 그대는 아침 식사를 준비하도록."

"아, 그럼 부탁할게."

간판을 다 닦은 나는 쥐고 있던 걸레를 릴에게 건넸다.

"음, 부탁한다. 그대는 청소도 대장일도 미숙하지만 요리 솜씨 하나는 우리 중에서 제일 뛰어나니까 말이지. 이게 바로 적재적소라는 것이다."

나는 아침 햇살을 받아 번쩍이는 릴의 갑옷을 흘끗 곁눈질하며 가게 안으로 돌아왔다. 램프 불빛이 전부 꺼진 가게 안에는 수많은 무기가 진열되어 있다.

롱 소드부터 쇼트 소드에 이르는 검 종류, 스피어부터 랜스에 이르는 창 종류, 배틀 액스, 카타르, 메이스, 활과 화살, 그리고 카이트 실드부터 스쿠툼, 버클러에 이르는 방패 종류, 라이트 아머부터 헤비 아머에 이르는 갑옷 종류까지.

싸우는 데 필요한 무기와 방어구는 얼추 다 갖춰 놓았다.

이곳이 우리의 가게다.

이제 곧 우리 가게에 수많은 손님이 몰리겠지.

그전에 모든 준비를 마쳐야 했다.

일단은 아침 식사부터 마쳐야겠군. 샌드위치와 야채 주스로 영양을 챙기자.

내가 그렇게 생각하며 주방 쪽으로 향하려고 할 때였다.

"오?"

마침 그때, 작업장 문이 열렸다.

[안녕.]

스케치북을 쥔 채 그 안에서 나온 사람은 금발의 소녀였다. 밤 늦게까지 작업을 한 모양인지 그을음이 묻은 뺨을 문지르고 있었다. 그대로 작업장에서 잠들었을 게 분명했다.

그녀—— 아리체야말로 우리 가게의 진짜 간판이다.

아리체가 만든 무기가 없으면 이 가게는 영업을 이어 나갈 수 없다. 대장장이인 아리체가 만들어 내는 무기는 그 누구도 흉내 낼 수 없기 때문이다.

사실 그녀는 천계에 살던 여신인데 어느 목적 때문에 하계로 내려왔다. 하지만 하품하면서 걷다가 하마터면 기둥에 부딪칠

뻔한 그녀의 모습을 보고 있으면 그런 분위기는 눈곱만큼도 느껴지지 않았다.

[코테츠, 밥은?]

"아, 지금 만들 테니까 잠시만 기다려."

그녀는 스케치북에 글자를 적어 대화를 했다.

듣자 하니 목소리에 마력이 깃들어 있어 함부로 말할 수 없다고 한다. 게다가 원래부터 낯가림이 심했던 탓에 대화를 나누기 어려운 경우가 많았다. 마음을 터놓은 지금은 허물없이 대화를 나누는 경우도 종종 있지만 말이다.

그 아리체가 최근에는 스승으로서 나에게 대장일을 가르쳐 준다.

나에게도 강력한 무기를 만들어야 하는 목적이 있었다. 그 목적을 이루기 전까지는 아리체의 곁에서 기술을 닥치는 대로 배울 생각이었다.

"좋았어. '배가 고프면 싸울 수 없다'는 말도 있지! 후딱 만들어 볼까!"

나는 팔을 걷어붙이고 주방으로 향했다.

아리체의 수제자로서 오늘도 열심히 해야지!

"안녕! 코테츠 있어?!"

그야 물론 있고말고. 우리 가게니까 말이지.

그런 당연한 질문을 입에 담으며 아침 식사 중인 부엌으로 들

그 첫 번째 사냥에 적합한 플레임 클레이모어 · 9

어온 사람은 에란티였다. 오늘도 아침부터 기운 넘치는 미소를 얼굴에 머금고 있었다. 엄밀히 말해서 우리 가게 종업원은 아니지만 이미 가족이나 다름없는 녀석이었다. 그 정도로 우리 가게에 자주 들락거리곤 했다.

"무슨 일이야, 에란티. 아직 식사 중인데?"

"됐으니까 잠깐만 이리 와 봐."

"아니, 잠깐!"

에란티는 부엌에서 빵을 먹던 나를 끌어내더니 가게 안에 진열된 무기 몇 개를 살폈다. 나는 먹다 만 빵을 쥔 채 옆에 서 있는 꼴이 되었다.

"무기 좀 써도 될까? 몇 개 필요한데."

"무기~? 이런 아침 댓바람부터 대체 뭘 만들려고?"

에란티는 모험자가 아니다. 물론 전투 능력도 없다. 하지만 그녀는 온갖 도구를 발명하는 재능이 탁월할 뿐만 아니라 타의 추종을 불허할 정도로 돈 냄새를 기가 막히게 잘 맡았다.

이번에도 기묘한 발명에 어울려 줘야 하는 걸까.

"마물을 사냥할 수 있는 무기를 찾고 있어."

"마물? 네가 사냥하려고?"

"아니, 사냥하는 건 너고."

"내가 왜 해 줘야 하는데?"

"그야 넌 강하니까."

나야 뭐 모험자 출신인데다 어릴 적부터 할아버지를 통해 단련을 받았고 무기에도 다소 소양이 있다. 하지만 이번엔 경우가 다르다.

"그래서 말인데, 얼음 속성의 검이 필요해. 마물을 꽁꽁 얼릴 수 있는 걸로."

"응……? 야, 사실대로 말해 봐. 뭐가 목적인데?"

우리 '렌탈 무기점 아리체'는 모험자를 위해 무기를 대여해 주는 가게로, 토벌할 마물에 따라 그에 맞는 무기를 고를 수 있다는 장점이 있다.

구매할 경우에 보통 수천 만 가츠는 나갈 무기부터 경우에 따라서는 억 소리가 나는 무기들을 저렴한 가격에 대여함으로써 온갖 마물 토벌에 대응할 수 있다는 장점이 있다.

물론 나도 모험자 출신의 경험을 살려 토벌 대상에 맞춰 무기를 추천해 주는 것쯤은 가능하다.

"목적을 알면 나도 추천해 주기 쉬울 텐데."

"아, 그렇구나. 미안."

에란티는 머리를 긁적이며 혀를 내밀었다.

"무슨 일이냐, 에란티. 웬 소란이지?"

[또 무슨 재미있는 일을 벌이게?]

마침 식사를 마친 아리체와 릴도 이쪽으로 다가왔다. 가 씨는 식기를 정리하는 중이었다. 석상 상태에서 대체 어떤 방법으로 접시를 씻는지 궁금했지만 지금은 그걸 확인할 때가 아니었다.

"크게 한탕 할 거리가 있거든."

"또 그 얘기야?"

"이번엔 달라! 상업 길드를 통해 기획한 거니까!"

에란티는 장인 길드에 소속된 장인 중 하나다. 그런데 장인 길드에서 만든 걸 판매하려면 상업 길드를 거쳐야 한다. 때문에 장인들과 상인들은 서로 아는 경우가 많았다.

"이번 축제 때 마물 요리를 잔뜩 파는 기획은 어떨까 싶거든! 다양한 마물 고기의 맛을 비교 체험할 수 있는 거지! 그리하면 모험자도 잔뜩 올 거야!"

"아, 그 '사람 모으기 기획'의 일환인가 보네."

현재 레디나이트 성시에서는 모험자를 대거 모집 중이다. 때문에 상업 길드에서 다양한 기획을 추진 중인데 에란티도 거기에 참가한 건가.

모험자 수가 늘면 결과적으로 우리 가게의 매상도 늘 테니 환영할 만한 일이었다.

[괜찮을 것 같은데?]

아리체가 스케치북을 보였다.

[하는 김에 무기도 홍보할 수 있을 거야. 그리고 상업 길드 사람들에겐 늘 신세를 지고 있으니까.]

"그치? 역시 아리체야. 말이 잘 통해!"

에란티가 아리체의 손을 맞잡고서 기뻐했다.

"그럼 그에 맞는 준비를 해야겠군."

릴이 무기 진열대 쪽으로 눈길을 돌렸다.

"단순히 죽이는 게 목적이 아니라 식용으로 쓰려면 무기를 엄선할 필요가 있다. 둔기 종류는 무조건 제외해야 할 것 같군."

"그러게. 속성 무기도 안 되려나?"

에란티도 릴의 말에 맞장구치며 진열대를 살폈다.

"그건 속성에 따라 다르지 않을까? 흙 속성이나 독 속성은 안 되겠지만, 불꽃이나 얼음이라면 괜찮을지도 모르지."

"얼음은 좋을 것 같아. 냉동해서 운반하고 싶거든."

아하, 그래서 얼음 속성 무기를 원했던 건가.

"창은 어때? 고기에 상처를 덜 내고 사냥할 수 있는데."

"해체할 거면 나이프도 필요하겠어. 으~음, 뭘 쓰면 좋을까?"

고민에 빠진 우리에게 아리체가 간단한 해결 방안을 제시했다.

[죄다 들고 가면 되지 않을까?]

우리는 레디나이트 성시의 성벽을 지나 서쪽으로 향했다.

마물의 침입을 막고자 유자철선 울타리를 둘러친 밭이 곳곳에 있었다. 개중에는 그 울타리를 부수고 농작물을 헤집고 다니는 마물도 있는데, 그러한 마물은 신출내기 모험자의 딱 알맞은 사냥감이 되어 그들의 일용할 양식이 된다.

그 밭에서 조금 떨어진 곳, 가도와 인접한 초원에 우리는 텐트를 쳤다.

성벽 밖이라 안전하다는 보장은 없지만, 가도와 인접하다면 만일의 사태가 일어나도 지나가는 사람들에게 도움을 청할 수 있다.

"하압!"

나는 허리를 숙이고 단숨에 검을 휘둘렀다.

데빌 보어라고 하는, 이 근처에서 자주 출몰하는 멧돼지처럼 생긴 마물의 심장 부근을 검으로 갈랐다. 몸길이 3미터에 이르는 마물의 몸통을 두 동강 낼 수 있는 건 아리체의 무기 덕분이었다.

그리고 얼음 속성이 깃든 덕분에 녀석의 몸은 절단면부터 시작해 단숨에 얼어붙었다.

"그럼, 이번엔 고기를 해체해 볼까?"

나는 얼음 속성 검을 검집에 넣고 불꽃 속성 나이프를 꺼냈다. 그리고 이제 막 처치한 마물의 몸통에 나이프를 박아 넣고 단숨에 가죽을 벗겨 냈다. 동물을 해체하는 방법은 어릴 적에 할아버지에게 배웠는데, 마물을 해체하는 방법도 비슷했다.

"돕겠다."

벗겨낸 가죽과 고기가 공중에 떠올랐다. 가 씨가 염력으로 옮겨 준 것이다.

"오, 땡큐."

이만한 고기를 운반하기도 힘든 일이다. 가 씨가 있어서 다행이었다.

해체를 마치고 가도 부근의 텐트로 돌아오니 좋은 냄새가 났다.

"아, 코테츠! 어서 와!"

앞치마를 두른 에란티가 고기를 굽는 중이었다.

텐트 안에 마련된 고기구이 도구——불판 위에다 굽는 것처럼 보이지만 사실 이건 불꽃 속성 클레이모어다.

검 위에 올려놓기만 해도 육즙이 좔좔 흐르는 노릇노릇한 불고기가 완성되는 것이다.

"그건 맛이 좀 어때?"

"으음! 이 고기는 맛있군!"

릴이 텐트 안에서 그렇게 소리쳤다.

"피 맛이 전혀 나지 않는다. 이건 대체 어떤 방법으로 피를 뺀 거지? 이제 막 사냥했을 텐데?"

"아, 그건 아까 혼 디어와는 다른 마물의 고기야. 블랙 옥스라고 물소처럼 생긴 녀석의 고기를 쓴 거지."

"이건 잘 팔릴 것 같군. 메모해 두겠다."

실제로 맛을 비교해 보니 마물 종류에 따라 맛이 다른 걸 알 수 있었다. 원래 잡식성 마물을 입에 대는 사람은 거의 없지만 요리만 잘하면 문제없단 말씀. 가축 고기는 싸고 쉽게 요리할 수 있지만, 마물 고기는 어떻게 요리하느냐에 따라 맛이 천차만별이다.

"그리고 이건 데빌 보어의 고기야. 이것도 한번 먹어 봐."

"알았어."

이제 막 사냥한 고기를 에란티에게 건넸다.

그러고 나서 나는 잠시 휴식을 취할 요량으로 텐트 안에 들어갔다. 텐트 안에서는 릴뿐만 아니라 아리체도 열심히 고기를 먹는 중이었다. 소스를 입가에 잔뜩 묻히고 맛있게 고기를 씹고 있었다.

에란티의 말마따나 이건 크게 한탕 할 수 있을지도 모른다. 지금은 시험 삼아 고기를 굽고 있지만, 상업 길드를 중심으로 좀 더 대대적으로 판을 벌이면——.

문득 텐트 주위가 소란스러운 것을 알아차렸다.

고개를 드니 모험자 몇 명의 모습이 눈에 들어왔다.

"저기…… 뭐 하시나요?"

파티를 짠 신출내기 모험자들이었다. 방어구를 보면 알 수 있다. 그들은 성시에서 파는 저렴한 방어구 세트를 차고 있었다. 그래도 저렴한 가격에 비해 성능은 나름대로 괜찮지만 말이다.

그런 그들이 여기에 온 이유는 하나밖에 없었다.

"여기 혹시, 고깃집……인가요?"

이제 보니 하나같이 배를 움켜쥐고 있었다.

그도 그럴 테지. 퀘스트를 수행하다 보면 배가 고프기 마련이다. 무거운 갑옷을 입고서 오랜 시간을 이동하고 사력을 다해 마물과 싸우다 보면 누구나 그렇게 된다.

그런 와중에 고기 굽는 냄새가 났으리라.

나라도 무의식적으로 발걸음을 옮길 것이다.

그리고 그런 모험자들을 향해 에란티가 이렇게 외쳤다.

"한 접시당 400—— 아니, 500 가츠!"

"자아! 한번 보시고들 가세요! 저희 렌탈 무기점 아리체에서 취급하는 이 수많은 무기의 위력과 그 다양한 쓰임새를 말이죠!"

이런 출장 판매는 예전에도 한 적이 있었다.

다만 이번에는 상황이 달랐다.

"저기, 이거 주세요!"

"나도! 나도!"

"네에, 잠시만 기다리세요! 조금만 있으면 다 구워요!"

나는 꼬치에 꽂은 고기를 굽고 소스를 묻힌 뒤 다시 한번 구워서 접시에 담았다.

"자, 한 접시당 500가츠입니다!"

나는 돈을 받고 꼬치구이를 담은 접시를 건넸다. 그러고는 다음 손님을 위해 새로운 고기를 굽고 소스를 발랐다.

내 뒤에는 새로 들어온 고기를 나이프로 해체하는 릴과 지금껏 손님들이 내린 고기의 평가를 적어 나가는 에란티가 있다. 그리고 그 옆쪽 부스에서는 아리체와 가 씨가 다른 손님을 상대하는 중이다.

"힘을 원한다면 주겠다. 사냥해 온 고기를 가지고 오면 지금 이 자리에서 바로 요리해 주지. 요금은 받겠지만."

꼬치구이를 판매하는 옆에서 무기를 대여해 주는 중이다.

신출내기 모험자를 위한 저렴한 무기 세트였는데, 이것만 있으면 이 일대에 서식하는 마물 정도는 누구라도 쉽게 사냥할 수 있을 것이다. 그리고 그들이 사냥해 온 마물 고기를 매입한 뒤, 내가 다시 그 고기를 요리하고 판매하여 수익을 올렸다.

무기 대여와 꼬치구이 판매로 돈을 갑절로 버는 것이다.

"코테츠, 고기가 다 떨어졌다. 이번엔 내가 사냥하러 가지."

릴이 거대한 창을 쥐고 자리에서 일어났다. 그 용맹한 모습을 보고 신출내기 모험자들이 탄성을 질렀다.

텐트를 나와 마물을 쫓는 릴의 모습에 특히나 여성 모험자가 갈채를 보냈다. 릴의 전신 갑옷은 인간이 만든 갑옷 중에서도 최상급 성능을 자랑한다. 그런 고급품을 입고 싸우는 실력자 여성을 같은 여성으로서 동경하는 것이리라.

"후우."

몰려왔던 손님들이 빠져나가자 한숨 돌릴 여유가 생겼다.

나는 불판 대신으로 썼던 클레이모어를 수건으로 닦으며 오늘 거둔 뜻밖의 성과에 만족했다.

"잘됐네, 에란티. 이 기획은 분명 잘 먹힐 거야."

"응! 이 정도면 고기 말고도 다양한 기획을 추진할 수 있을 것 같아!"

에란티는 기뻐했다.

"이걸로 모험자가 잔뜩 모였으면 좋겠는데."

"그러게. 많이들 왔으면 좋겠어."

현재 파니즈 왕국에서는 모험자를 대거 모집하는 중이다.

그 이유는 살짝 고개만 들어도 알 수 있다.

텐트 밖에 펼쳐진 초원—— 그 안쪽에.

녹색 벽이 하늘을 뒤덮고 있었다.

원래 성시 서쪽에는 광활한 삼림이 펼쳐져 있다.

끝도 없이 펼쳐진 숲과 그 너머에 있었을 산맥—— 그것들은 그 녹색 벽에 가로막혀 보이지 않았다.

그 거대한 벽은 돔 형태로 숲과 산을 빙 둘러쌌다.

모험자의 말에 따르면 그 돔은 숲 그 자체라고 한다.

숲속 나무들이 변질하여 벽이 되었다고 한다. 삼림을 이루는 나무, 흙, 물과 같은 자연물이 갑자기 변이를 일으켜 돔 형태가 되었다는 모양이다. 그리고 그 꼭대기에는 구멍이 뚫려 있어 햇빛과 공기가 공급되고 있음을 알 수 있었다.

흡사 미로처럼 뒤얽힌 돔 안으로 한번이라도 발을 들이면 다시는 나올 수 없다.

탈출할 수 없는 미궁——사람들은 그것을 '던전'이라 부른다.

"저건 보면 볼수록 꺼림칙하단 말이지."

원래 숲이었던 곳에 깔끔한 형태의 반구가 우뚝 솟은 것이다.

아무리 생각해 봐도 자연적으로 생긴 것이 아니었다.

물론 그렇다고 해서 저런 깔끔하고 거대한 구조물을 인간의 손으로 만드는 것도 불가능한 일이다. 이건 여신인 아리체에게도 힘든 일이리라.

"있잖아, 아리체. 저 던전은 너도 정체를 알 수 없어?"

내 물음에 아리체는 고개를 저으며 답했다.

[신이나 악마라면 만들 수 있을지 몰라도, 굳이 저런 걸 만들어야 할 이유를 모르겠어.]

"그렇겠지."

이유도 정체도 전혀 알 수 없었다.

저렇게 거대한 던전을 언제 누가 어떻게 무슨 목적으로 만들었는가.

그걸 해결하기 위해 모험자가 모이는 것이다.

솔직히 말하자면 나로서는 어떻게 해야 할지 감도 잡히지 않았다.

어떻게 해야 저 던전을 공략할 수 있을까. 저 거대한 돔을 원래대로 되돌리면 좋을 테지만, 되돌릴 방법조차 알 수 없었다.

물론 저 안에는 강대한 마물도 있겠지. 그것들을 쓰러뜨리고 미궁의 수수께끼를 풀 모험자가 과연 있기나 할까.

혼자서는 절대로 무리다.

여러 모험자가 모여 힘과 지혜를 쥐어짜야만 공략할 수 있다.

그렇기에 현재 파니츠 왕국은 모험자를 대거 모집하는 중이다.

"모험자가 잔뜩 오면 분명 가게 매상도 늘어날 거야~."

상황이 이런데도 에란티는 반색하는 분위기였다.

하지만 에란티가 하는 말이 옳다. 여기서 끙끙대 봤자 죽도 밥도 안 된다.

[더 많은 모험자가 우리 가게의 무기를 이용해 줬으면 좋겠어.]

아리체도 타오르는 나이프를 닦으며 웃었다.

그렇다. 우리는 모험자가 아니다. 렌탈 무기상이다.

한 명이라도 더 많은 모험자가 우리 가게의 무기를 이용할 수 있도록 노력하는 것이 우리가 할 일이다.

던전을 공략하는 데 도움이 될 수 있도록, 열심히 하자!

사냥과 요리에 안성맞춤인 플레임 클레이모어

잠깐, 이건 원래 요리하는 데 쓰는 게 아니다. 그건 어디까지나 부차적인 용도일 뿐이지, 원래는 양손으로 쥐는 검으로 그 묵직함을 이용해 적을 베어 가르는 무기다. 도신에서 나오는 열기는 마물을 구울 수 있을 뿐만 아니라 날이 잘 드는 효과도 있고, 이 점을 활용하면…… 식재료를 자르거나 구울 수 있지. 맛은 보장할 수 있다. 으음, 정말로 이런 용도로 추천해도 되나 모르겠군……. 뭐, 모험자 본인이 만족한다면 상관은 없겠지만.

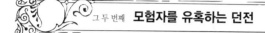

그 두 번째 모험자를 유혹하는 던전

나는 깜깜한 어둠 속에 있었다.

서로의 얼굴조차 분간하기 힘든 칠흑 같은 공간에서 나는 이어질 말을 기다렸다.

"――얘기가 다르잖아."

방 한쪽 구석에서 울적한 목소리가 들려왔다.

"예정보다 많이 늦어졌군. 이대로 가다간 당초의 계획을 수행할 수 없다."

"입으로는 무슨 말인들 못 해?"

이번에는 또 다른 곳에서 쉰 목소리가 들려왔다.

"우리에게 필요한 건 시간이 아니야. 성과지. 아무리 서둘러도 성과를 못 내면 의미가 없어. 돈과 시간만 있으면 뭐든 할 수 있을 줄 알아? 그거야말로 어리석은 생각이라고."

"이 자식이, 뭐가 어쩌고 어째!"

의자를 박차고 일어나는 소리가 났다.

놀라서 웅성거리는 소리는 없었다. 다들 이 상황에 익숙해졌기 때문이다.

"쳇, 같잖아서 원."

내 옆에서 익숙한 목소리가 들려왔다.

"누군 영감들 말싸움하는 거 들으러 온 줄 알아? 더 이상 뾰족한 대안이 없으면 난 이만 돌아갈 거라고."

"애송이 주제에 건방지군. 그럼 네놈이 뭐 좋은 대안이라도 말해 보지 그러나?"

"대안이라면 수도 없이 얘기했잖아. 안 그래? 코테츠."

옆의 남자가 나에게 화두를 던졌다.

"어, 어…… 그건 그렇긴 한데."

"그러고 보니 그의 의견은 아직 안 들어 봤군."

낮은 목소리가 나에게 말했다.

"그건 그렇군. 그럼 코테츠 군의 의견을 한번 들어 볼까?"

"코테츠 군, 뭐 하고 싶은 말이라도 있나?"

한 치 앞도 보이지 않을 만큼 어두컴컴한 곳에서 여러 시선이 나를 향하고 있음을 알 수 있었다. 모두 살기를 드러내고 있었다. 내가 자칫 말 한마디라도 잘못했다가는 그냥 넘어갈 분위기가 아니었다.

"저기, 그러니까."

나는 신중하게 말을 고르며 이렇게 질문했다.

"램프는 아직도 먹통인가요?"

"그러게. 이 깜깜한 방에서 이제 좀 나가고 싶은데."

"새 램프를 가져오라고 한 지가 언젠데…… 뭘 하는 건지 원."

어둠 속에서 진절머리가 난다는 듯한 대답이 들려왔다.

마침 바로 그때였다.

"죄송해요. 손님이 오는 바람에."

새 램프를 양손에 쥔 여성이 방 안으로 들어왔다. 상업 길드의 길드장 부인이다. 그녀는 깜깜한 회의실에 차례로 램프를 놓고 방을 밝혔다.

램프가 망가졌을 때 장소를 옮기자고 거듭 제안했었지만, 이만한 인원이 한자리에 모여 대화를 나눌 수 있는 장소는 이 회의실밖에 없었다. 상업 길드라고 해도 본부는 그렇게까지 넓은 편이 아니었다.

"밝아지니까 이제야 좀 살겠군."

낮은 목소리로 고개를 끄덕이는 사람은 청과물 상점 주인이었다. 모험자처럼 잘 단련된 근육과 몸에 수북하게 난 털이 인상적이었다.

"그러게. 이거야 원, 방 안이 깜깜하다 보니 나도 모르게 눈초리가 험악해졌지 뭐야. 왠지 사악한 제국의 간부가 된 기분이 들더구먼."

카페 주인도 흰 수염을 매만지며 웃었다.

"그래서, 손님이라니?"

이 중에서 가장 위엄이 떨어지는 통통한 아저씨—— 상업 길드의 길드장이 부인에게 물었다. 그러자 부인은 대답하는 대신에 손님을 회의실로 들였다.

30대 정도로 보이는 남성이었다. 그래도 이중에서는 젊은 축에 속했다. 나와 로제 형 다음으로 젊어 보였다.

나는 그 사람이 누군지 알고 있었다. 모험자 길드의 길드장이다.

"아, 이 오밤중에 죄송합니다. 내일 찾아 뵐까 싶었지만, 실은 좋은 소식이 들어온지라 한시라도 빨리 알려드리고 싶었거든요."

"응? 무슨 진전이라도 있었나?"

"네, 방금 국왕 폐하께서 지시를 내리셨거든요. 각 길드에 특별 지원금이 들어오게 되었죠. 그 던전을 공략하기 위해서라면 무슨 수를 써서라도 한 명이라도 더 많은 모험자를 모으라고 하시더군요."

모험자 길드의 길드장이 한 말에 회의실 분위기가 단숨에 끓어올랐다.

"그게 정말인가?! 이제야 좀 숨통이 트이겠군!"

"좋았어! 돈만 있으면 뭐든 할 수 있지!"

내 옆에서 로제가 환호성을 질렀다. 그는 장인 길드에 소속된 몸이었지만 이번 일은 모든 길드의 공통된 문제이기도 했다. 그렇기에 이번 회의에 참석한 것이다.

"그런데…… 곰곰이 생각해 보니 돈이 있든 없든 별 소용이 없지 않나?"

반색하던 그는 곧바로 방금 입에 담은 말을 철회했다.

"어차피 모험자가 안 오면 죽도 밥도 안 되잖아. 그 돈으로 어떻게 모험자를 불러 모을 건데? 아침 댓바람부터 계속 떠든 얘기가 그거 아니었어?"

"그걸 알면 이 늦은 시각까지 머리를 맞대지도 않았겠지."

카페 주인이 투덜댔다.

어쨌든 간에 지금은 모험자를 불러 모으는 게 급선무였다. 이번 일은 국책 과제로 거론될 만큼 사안이 중대했다. 던전이 성시 코앞에 느닷없이 나타나면 어느 나라든 그럴 것이다.

이대로 던전을 방치하면 곤란하다. 과거 어느 나라가 던전 안에서 발생한 마물 대군에 멸망당한 사례도 있다. 던전 안에서 교배가 거듭된 결과 도감에도 실리지 않은 미지의 마물이 나타났다고 한다.

그 이후로 마물의 둥지는 신속하고 확실하고 철저하게 없애야 한다는 방침이 세워졌다.

사태가 이 지경까지 이르면 대개는 기사단을 비롯하여 군대가 출동하는데…… 실은 이미 출동했다가 퇴각한 뒤였다.

파니츠 기사단은 거리의 치안을 유지하거나 다른 나라의 군대와 싸우는 덴 익숙했지만 던전 공략엔 문외한이었다고 한다.

그럼에도 일부 기사는 모험자와 마찬가지로 던전을 공략 중이다. 이건 모험자에게 뒤지기 싫다는 기사단의 자존심 때문이라고도 한다.

"뭐, 투덜댄다고 어떻게 될 일도 아니잖아. 지금은 크게 벌 수 있는 좋은 기회라고 봐야지."

상업 길드의 길드장은 거듭 그렇게 말했지만 구체적인 방안은 없었다.

"크게 벌 수 있는 기회라…… 이럴 때 코르크스노우 씨가 있었으면 좋았을 텐데."

누군가가 그렇게 투덜거렸다.

그렇다. 성시 서쪽에 자리한 쇼핑몰을 운영하는 코르크스노우는 현재 실종된 상태였다.

던전이 쇼핑몰이 있던 자리를 집어삼켰기 때문이다. 그들을 포함해 던전이 출현할 때 숲에 있던 사람들을 수색하는 작업도 벌어졌지만 이렇다 할 성과는 없었다.

무사해야 할 텐데…….

"실제로 모험자의 수는 꾸준히 늘고 있어. 예상보단 적긴 하지만, 그래도 타지에서 온 모험자가 던전을 수월하게 공략할 수 있게 도움을 주는 것이 우리 상업 길드의 일이라고 본다."

"그들이 던전을 공략해 주지 않으면 다른 손님도 줄어들지 몰라."

식당 아주머니도 한숨을 내쉬었다.

"모험자를 늘리는 것도 중요하지만, 이미 늘어난 모험자를 위한 서비스도 중요한데……."

나도 팔짱을 낀 채 생각에 잠겼다.

모험자는 조금씩 늘어나고 있다. 그들이 얼마나 모이건 간에 이미 던전 공략은 시작되었다. 그들의 모험을 돕는 게 우리가 할 일이 아니겠는가.

"──좋아. 조금 이른 감이 있지만, 지금부터 2단계로 넘어간다!"

상업 길드의 길드장이 한 말에 이 자리에 있는 모두가 고개를 끄덕였다.

레디나이트 성시 서쪽. 저번에 마물 고기를 사냥하고 구운 장소에서 조금만 더 북쪽으로 가면 던전 입구가 있다.

그 외에도 안으로 들어갈 수 있는 입구는 많다고 하는데, 성시에서 가장 가까우면서도 안전하게 들어갈 수 있는 곳은 여기뿐이다.

돔의 입구에 걸맞게 이 입구 또한 반원 형태의 구멍이 나 있었다. 침입자를 끌어들이기 위해 난 문인 만큼 던전 특유의 무시무시한 분위기는 조금도 느껴지지 않았다.

수풀과 나뭇가지로 만들어진 벽에 난 부자연스러운 구멍.

그 안쪽에는 역시나 자연물로 만들어진 벽이 있다. 입구에서 보이는 건 일직선으로 쭉 뻗은 복도처럼 보이는 길뿐이었다. 누군가가 벽에다 촛불을 걸어 두었지만 안쪽까지는 보이지 않았다.

파티를 짠 모험자가 입구 쪽에서 내부를 살피다가 이내 마음을 먹었는지 안으로 들어갔다. 그 앞에서 그들을 기다리고 있는 건 영광일까 아니면 죽음일까.

그 파티와 엇갈려 지나가는 이들은 큰 부상을 입은 모험자들이었다. 온몸이 상처투성이였고 지금 당장에라도 숨이 끊어질 듯 위태로운 상태였다. 동료 모험자가 도움을 바라며 큰 소리로 외쳤다.

"누가 좀! 누가 좀 도와줘요!"

"네, 갑니다. 무슨 일이신가요?"

곧바로 사람들이 달려갔다.

"으아, 심하게 당했네. 즉효성 연고가 필요할 것 같아."

"그리고 이건…… 식물성 독에 당했군. 낯빛만 봐도 알겠어."

"이봐, 연금술사 형씨! 연고랑 해독제 좀 빨리 부탁할게!"

"네에!"

그러자 입구 부근에서 대기 중이던 연금술사가 가방을 뒤적이며 서둘러 달려왔다.

"다 합해서 총 5만 가츠입니다!"

연금술사는 싱긋싱긋 웃으며 모험자를 치료했다.

그 연금술사뿐만 아니라 던전 입구에는 위기에 처한 모험자를 돕기 위해 다양한 분야의 전문가들이 대기 중이었다.

상품을 들고서 말이다.

모험자가 가격 흥정을 벌이는 소리를 들으며 나는 그들의 훨씬 위쪽에서 작업을 하는 중이었다.

"코테츠 군, 조금만 더 오른쪽 아래로 내려 줄래?!"

"네에!"

나는 던전 입구 위쪽에 거대한 간판을 다는 중이었다. 가 씨가 귀여운 글씨체로 '파니츠 던전에 오신 걸 환영해요!' 라고 쓴 간판을 와이어로 고정했다.

문득 뒤돌아보았다.

던전 입구 부근에는 비상시를 대비해 연금술사들이 대기 중이었고, 거기서 더 떨어진 곳에는 다양한 노점이 늘어서 있었다.

요리는 물론 무기와 방어구, 약, 함정, 그중에는 던전과는 전혀 상관도 없는 캔디 애플을 파는 노점도 있었다. 심지어 간소한 숙박 시설마저 세워져 있는 것이 아닌가.

상업 길드가 주관하는 '던전 앞 상점가' 라고나 할까. 장차 던전에 들어갈 모험자를 위해 조성한 것이었다.

　물론 상업 길드가 돈을 벌 목적으로 조성한 것이지만, 간혹 모험자에게 사기를 치는 악덕업자를 방지하려는 목적도 있었다.

　"수고하셨어요, 고마워요!"

　간판을 설치한 나는 사다리를 타고 내려왔다. 그리고 다른 길드원에게 손을 흔든 뒤, 우리 가게로 돌아가기로 했다.

　[코테츠. 어서 와.]

　던전 앞 상점가 중간쯤에 우리 가게가 낸 노점이 있다.

　렌탈 무기점 아리체의 던전 앞 지점이다. 저번에 쓴 텐트를 살짝 개조해서 지점을 세웠다.

　지금은 아리체와 가 씨가 가게를 보는 중이다. 본점 쪽은 릴이 맡고 있지만, 상품을 이쪽 지점으로 옮겨서 현재 그쪽에는 재고가 거의 없다. 대부분의 모험자가 던전 공략을 목표로 하기 때문이다.

　"나 왔어, 아리체. 여기 상황은 좀 어때?"

　[손님이 잔뜩 왔는데, 내가 응대했어.]

　"오오, 제법인데!"

　손님 응대를 잘했다는 건 아리체의 표정을 보면 금세 알 수 있었다. 낯가림이 심해 스케치북으로만 의사소통을 하는 아리체가 어느새 여기까지 성장했을 줄이야.

　"힘을 원하는가———. 힘을 원한다면 주겠다."

　아리체의 옆에서는 가 씨가 신규 모험자에게 회원증을 발급하는 중이었다. 그 모험자는 설명을 들으며 연신 고개를 끄덕였다.

"그렇군. 마력의 계약서라. 이걸로 도난을 방지하려는 건가. 으음, 이거 꽤 괜찮은 시스템인데? 파니츠엔 이런 무기점도 있었군."

회원증을 수령한 사람은 베테랑처럼 보이는 장년의 검사였다. 그는 거대한 검을 렌탈하고는 그 도신을 흐뭇한 표정으로 바라보았다.

"다른 가게는 다 거기서 거기지만, 여기 무기점은 특이하군."

"어? 다른 가게들은 특이하지 않나요?!"

나는 깜짝 놀라 그 모험자에게 물었다.

"응? 아하, 던전 앞에 가게를 여는 거야 다른 나라에선 흔한 일이거든. 이 정도로 기묘한 던전은 난생처음 보지만, 원래 유적 앞 같은 덴 상인이 몰리기 마련이니까."

"아, 그건 그래. 파니츠에선 던전 자체가 보기 드물다고나 할까?"

그 모험자의 동료처럼 보이는 젊은 누님도 고개를 끄덕였다.

두 사람 모두 역전의 용사 같은 분위기를 풍겼다. 수많은 나라를 돌며 모험했을 게 분명했다.

"저어, 실은 저희는 더 많은 모험자를 불러 모으고 싶거든요."

나는 모험자의 의견을 구하기로 했다.

"그렇겠지. 던전이 이렇게나 크니, 다른 나라에서 많은 모험자를 불러 모아 공략하고 싶다는 심정도 잘 알겠어. 하지만 딱히 눈에 띄는 부분이 없다고나 할까?"

"우리도 한가하던 차에 마침 우연히 모험자 길드의 벽보를 보고 온 거거든."

그 누님은 그렇게 말하고는 종이 한 장을 보여 주었다.

그것은 모험자 길드의 의뢰서였다. 이것과 같은 게 전 세계 길드에 붙어 있을 것이다. 하지만 뭐랄까, 평범했다.

그저 짧은 문장으로 '파니츠에서 발생한 던전을 공략하고 싶은 모험자를 구함' 이라고만 간략하게 적혀 있을 뿐이었다.

"사람을 불러 모으고 싶으면 모험자 길드뿐만 아니라 다른 곳에도 부탁하는 게 좋을 거야. 뭐, 던전의 규모가 크다 보니, 안에 군침 도는 보물이 있다면 모험자도 자연스레 모여들 테지만."

"그렇군요……. 감사합니다."

나는 허리에 손을 올리고 고개를 숙였다. 아는 사람이 보면 동방의 인사법이라는 걸 알 테지만, 그들은 가볍게 손을 흔들며 떠날 뿐이었다.

[이대로라면 손님의 발길이 끊기고 말 거야.]

우리가 나눈 대화를 듣고 있던 아리체도 난감하다는 표정을 지었다.

[상점가뿐만 아니라 던전도 홍보해야 할 것 같아.]

"그러게."

이번 사태는 비단 우리 가게에만 해당하는 일이 아니다.

이 던전이 얼마나 매력적인지 전 세계의 모험자들에게 알려야 한다. 하지만 도통 좋은 방법이 떠오르질 않았다.

여긴 리조트나 관광지가 아니다. '이곳은 발만 들였다 하면 시체조차 남지 않을 만큼 극악무도한 던전입니다! 많이들 오세요!' 라고 홍보할 수도 없는 노릇이다.

방금 확인한 의뢰서에는 이 던전의 수수께끼를 풀고 원래대로 되돌린 모험자에게는 국왕의 이름으로 막대한 상금을 내린다고 적혀 있었다. 보상은 매력적이었지만, 아무래도 그것만으로는 모험자를 불러 모으기에 역부족이었나 보다.

"이 던전은 특이하고 흥미로운 것 같은데 말이지."

하지만 그것을 지면으로 전달하는 게 어려웠다.

"아무래도 문제는 우리에게 있는 게 아니라 모험자 길드에 있는 것 같군. 관공서나 다름없는 곳이니 기상천외한 방법을 동원하기는 어렵겠지만……."

가 씨도 앓는 소리를 냈다.

그때였다. 상업 길드 사람들이 근처에 모이더니 무어라 떠들어댔다.

"아…… 어떻게 이런 비겁한 짓을."

"내 말이. 이건 너무 치사하잖아."

모험자 길드의 의뢰서를 보며 다들 분하다는 표정을 지었다.

"왜들 그러세요?"

"아, 코테츠 군. 이것 좀 봐."

옆 점포에서 모험자용 도구를 팔던 청년이 보여 준 건 아까 본 것과 같은 의뢰서였다. 하지만 그것은 파니츠에서 발행한 것이 아니었다. 바다 너머 대륙에 있는 거대한 나라에서 발행한 것이었다. 현재 그 나라는 한창 전쟁 중이라 용병을 모집하는 중인데…….

의뢰서에는 아름다운 공주의 일러스트가 그려져 있었다.

"이 베로사 공주는 저쪽 대륙에서는 견줄 자가 없을 만큼 미인이라더군. 그 모습을 처음 본 한 시골 청년이 심장 마비를 일으켜 죽었다는 전설도 있을 정도지."

그림을 보기만 해도 알 수 있었다. 딱 봐도 유명한 화가가 그린 모양인지 종이 너머로도 베로사 공주가 얼마나 아름다운지 또렷이 전해져 왔다.

"이런 걸 보고 있으면 우리도 용병에 자원하게 될 것 같단 말이지."

남자들이 고개를 끄덕였다.

솔직히 나도 그 심정은 이해가 갔다. 하지만 지금의 나는 공주가 아름답다는 생각보다는 '이런 방법도 있구나' 하는 감탄이 먼저 들었다.

그리고 그와 동시에 모험자를 빼앗길지도 모른다는 초조감이 들었다.

[이런 식의 홍보는 에란티가 잘할 것 같은데.]

"그러게. 하지만 에란티는 다른 기획 때문에 한창 바쁠 텐데."

저번 회의에서 '모험자를 새로 불러 모으는 것도 중요하지만, 불러 모은 모험자에게 제공할 서비스도 철저해야 한다'는 결론이 나왔다. 그래서 에란티는 모험자에게 서비스를 제공하는 일을 맡게 되었다.

"자아, 빨리빨리 서둘러! 그렇지만 남은 세제가 없도록 잘 닦아야 해!"

지금 그녀는 상업 길드와 장인 길드 소속 남자들을 모아 커다란 냄비를 씻는 중이었다. 마물 고기를 써서 대량의 찜 요리를 만들 예정이었다. 자극적인 요리 냄새에 이끌린 모험자가 냄비를 둘러싸고 서로 교류를 다질 자리를 만들어 주자는 목적이었다.

"지금 쟤가 하는 일을 방해하기도 좀 그래."

그녀 또한 열심히 아이디어를 쥐어짜 실행에 옮기고 있다. 우리도 가만히 있을 순 없는 노릇이다.

속으로 고민만 하다가 하루가 다 지나갔다.

늦은 시각에 던전에 들어가는 건 아무래도 위험하기 때문에 저녁 무렵이 되자 대부분의 모험자가 귀환했다. 당일 렌탈한 무기가 모두 반환된 것을 확인하고 오늘 영업을 마무리 지었다.

노점은 그대로 두고 돌아갈 준비를 했다.

나는 다른 점포들도 차례차례 영업을 마무리하는 모습을 보다가 문득 던전 쪽을 바라보았다.

횃불과 램프의 불빛을 받으며 일렁이는 던전 입구는 흡사 거대한 괴물의 아가리처럼 보였다.

"저 거대한 던전이 대체 어쩌다가 발생한 걸까……."

아마도 파니츠 왕국에 사는 모든 이가 품고 있을 의문을 새삼 중얼거렸다.

의문은 그뿐만이 아니었다.

"저 던전은 주변의 초목을 변형시켜 형성된 것 같은데——그럼 원래 숲에 있던 다른 생물들은 어떻게 되었지……?"

나무, 풀, 흙, 그리고 아직 발굴되지 않은 유적은 그렇다 치자.

그럼 숲속에 살던 동물과 마물, 레어 몬스터는 어떻게 되었을까.

나와 아리체가 줄곧 쫓고 있던 마물── 붉은 털의 갈라틴.

그 녀석도 이 던전에 삼켜진 걸까.

그렇다면 곤란한데. 그 녀석은 나와 아리체의 소중한 매직 아이템을 삼킨 상태니까 말이다.

"뭐, 그 녀석이 속수무책으로 당하는 모습도 별로 상상이 안 가긴 하지만……."

마침 그때 또 다른 모험자가 비틀거리며 던전 입구 밖으로 나왔다. 나는 돌아갈 채비를 하다 말고 연금술사에게 도움을 요청하러 갔다.

"으~음, 공주에 맞설 만한 캐릭터라……."

다음 날, 나는 한가한 가게 안에서 머리를 싸쥐었다.

던전 앞 지점은 아리체와 릴이 맡고 있다. 에란티는 오늘도 상업 길드 전체의 기획을 거들고 있다. 때문에 이쪽 가게 안은 이상하리만큼 조용했다.

마치 현재 상업 길드 전체의 분위기를 대변하는 것 같았다.

다시 말해, 모험자들── 손님들은 다른 나라로 향했다. 던전이라는 매력적인 장소에 이끌린 모험자를 군이 성시의 렌탈 무기점으로 되돌아오게 할 만한 매력적인 무언가로 맞서야 한다.

"으으으으으, 던전…… 매력…… 공주……."

"그대는 뭘 그렇게 고민하는 건가."

내 옆에서 가 씨가 태연하게 입을 열었다.

"그야 상대는 미인 공주잖아?! 그런 게 나오면 누구나 다 그쪽으로 가 버릴 거라고!"

"그게 무슨 소린가. 이쪽엔 여신이 있잖나."

"아."

맞네. 까맣게 잊고 있었지만 아리체는 여신이다.

"그럼 우리 상업 길드도 아리체를 광고 모델로 내세워 보는 건 어떨까?"

"그건 곤란하다. 아리체가 인간계에 있다는 사실은 일부밖에 모른다. 게다가 신이라는 존재가 한 집단을 편들고 있다는 사실이 알려졌다간 전쟁이 일어날 수도 있지."

가 씨의 말에 나는 고개를 끄덕였다.

그렇겠지. 아리체가 대장장이 일을 하고 있는 건 어디까지나 갈라틴을 꺾기 위한 무기를 만들기 위함이지 상업 길드를 위해서가 아니다. 상업 길드를 위해 일하고 있는 건 어디까지나 그동안 신세진 것에 보답하기 위해서다.

사적인 호의는 사적인 범주 내에서 이루어져야 하는 법이다. 암, 그렇고말고.

"듣고 보니 그러네. 아리체를 내세우는 건 관두는 게 좋겠어."

"그대치고는 의외의 반응이로군."

"그래?"

"오히려 '아리체의 매력을 전 세계로 퍼뜨리자!' 같은 말을 할 줄 알았거든. 그대는 아리체의 제자라는 사실에 긍지를 갖고 있지 않나?"

"내가 전하고 싶은 건 아리체의 대장일이야. 물론 아리체는 한 여성으로서도 귀엽고 엄청 매력적이지. 하지만 아리체가 가장 눈부신 건 작업장에서 열심히 망치를 두드릴 때라고."

길드 의뢰서에 그림을 싣는 것만으로는 아리체의 매력을 제대로 표현할 수 없다.

"그렇군. 그대가 무슨 말을 하고 싶은지 이해했다. 요컨대 아리체에 필적할 만한 존재가 광고 모델로 나오면 되는 것 아닌가?"

"그런 사람이 있어?"

만약 아리체나 베로사 공주에 필적할 정도로 매력적인 사람이 있다면 모든 문제가 해결될 텐데 말이다.

"바로 나다."

가 씨가 자신만만하게 대답했다.

……지금 내가 뭘 잘못 들었나?

"요컨대, 나를 마스코트 캐릭터로 내세우는 것이다. 귀여운 석상인 나를 길드 의뢰서나 표지판 등지에 그려 파니츠 모험자 길드임을 한눈에 알아볼 수 있도록 하는 것이지."

"가 씨, 우리 가문에는 '자신의 칼 길이를 알지 못하는 자는 자신의 실력을 알지 못한다'는 격언이 있어. 자신의 능력을 과신하면 안 된다는 뜻이지."

"하고 싶은 말이 뭐냐, 코테츠."

"그야, 물론——."

가 씨를 깎아내릴 만한 말은 얼마든지 할 수 있다.

하지만 나는 그러지 않았다.

"잠깐만, 가 씨. 마스코트 캐릭터를 내세운다는 아이디어는 엄청 좋은 것 같은데?"

"그렇지."

"음, 아주 좋아. 아리체 같은 여신을 내세울 수 없다면 내가 만들면 돼. 상업 길드의 마스코트를 만들어 내세우는 거야."

나는 곧바로 탁자 위에다 종이를 놓고 몇 가지 방안을 구상했다.

어차피 손님은 오지 않는다. 원하는 만큼 아이디어를 짜내면 된다.

"코테츠, 그런 것 말고 나를 내세우도록."

"됐고. 가 씨도 아이디어를 좀 내 봐! 더 귀여운 캐릭터가 필요해!"

"으으……."

이리하여 내가 제안한 마스코트 캐릭터 작전은 곧바로 상업 길드에 전해졌다. 나뿐만 아니라 길드 전체에서 귀여운 캐릭터를 모집하였다. 일정에 여유가 있는 화가 등을 섭외하여 몇 번이고 개선을 거듭한 결과, 마침내 마스코트 캐릭터가 완성되었다.

"바로 이거야!"

던전 앞 상점가에서 상업 길드의 길드장이 사람들을 모아놓고 일러스트를 공개했다.

거기에 그려진 건 이족보행을 하는 2등신의 짐승…… 이라고
해야 하려나.

특히나 머리가 엄청 컸다. 몸통 부분은 인간과 흡사했지만 푹
신푹신한 흰색 털로 뒤덮여 있었는데, 흰색 털 곳곳에 붉은색
문양이 있었다.

얼굴에는 자그맣고 동그란 눈과 입만 그려져 있었다. 머리 위쪽
에 달린 귀와 몸털을 통해 이것이 동물 캐릭터임을 알 수 있었다.

"이 눈과 입의 균형을 맞추는 데 고생깨나 했지…… 무려 사
흘이나 걸렸다고."

"길드장님, 이게 대체 무슨 캐릭터인가요?"

사냥꾼 복장의 남자가 손을 들었다.

"좋은 질문이로군. 이것이 바로 우리 상업 길드가 제작한 마
스코트 캐릭터 '갈라텐 군'이다!"

"갈라텐 군?"

상업 길드 사람들이 술렁였다.

"이건 파니츠에 출몰하는 '붉은 털의 갈라틴'이라는 레어 몬
스터를 모델로 삼은 캐릭터지. 그 강력한 마물도 이렇게 보면
귀엽잖아? 아무리 레어 몬스터라 해도 이 정도에 불과하다는
의미도 담은 거지."

나도 처음엔 이게 대체 무슨 캐릭터인지 알 수 없었다. 설마 우
리의 숙적인 갈라틴을 이런 식으로 데포르메할 줄이야.

그래도 귀여운 건 분명했다.

길드장의 말마따나 눈과 입이 무척이나 귀여웠다. 보기만 해

도 절로 흐뭇해졌다. 게다가 온몸에 난 털은 무척 푹신푹신해 보여서 만지면 기분 좋을 것 같았다. 저걸 인형으로 만들어 팔면 꽤 잘 팔리지 않을까.

"…………!"

속으로 그런 생각을 하는 내 옆에서, 눈을 별처럼 반짝반짝 빛내는 아리체가 있었다.

"아리체…… 마음에, 들어?"

아리체는 고개를 힘차게 끄덕였다.

"그러니 여러분, 앞으로 이 일러스트를 각 점포에 배포할 테니 이걸 모티브로 삼은 상품을 개발해 주세요. 우리 모두 힘을 합쳐 모험자를 불러 모으는 겁니다."

"……!"

길드장의 말에 아리체가 힘차게 박수를 쳤다.

다른 사람들도 이에 덩달아 박수를 쳤다.

우여곡절은 있었지만 이번 작전이 잘되면 좋을 텐데 말이지.

"…………갈라틴, 네 이놈…… 내가 훨씬 더……!"

그런 우리 옆에서, 가 씨가 저주 섞인 말을 내뱉었다.

그 세 번째 최강의 풀 아머

갈라텐 군의 등장은 레디나이트 성시에 불을 지폈다.

아직 사전 준비 단계였기에 정말로 이제 막 불을 지핀 수준이다. 먼저 장인들과 상의하여 갈라텐 군의 향후 방침을 결정해야 했다.

하지만 지금껏 별 뾰족한 수를 내지 못했던 상업 길드에서 모종의 명확한 방침을 낸 건 컸다. 무언가를 기획할 때 갈라텐 군과 엮어서 하도록 결정했을 뿐인데 점점 더 많은 아이디어가 쏟아져 나오는 중이라고 한다.

우리 가게도 이런 분위기에 편승하기로 했다.

갈라텐 군의 일러스트가 그려진 상품을 만드는 것이다.

"어떠냐, 코테츠."

가 씨가 나에게 새로운 회원증을 보여 주었다. 늘 입에서 꺼내는 그것에는 모험자의 이름과 랭크 등이 기재되어 있었다. 그리고 이번엔 카드 한쪽 구석에 갈라텐 군의 일러스트가 그려져 있었다.

"오오, 굉장하잖아, 가 씨!"

"이 정도쯤이야 나한텐 식은 죽 먹기나 다름없지."

"지금 우리 가게를 이용하면 갈라텐 군이 그려진 회원증을 얻을 수 있다고 홍보하면 매상이 조금은 오를지도 몰라."

"그뿐만이 아니다. 그림이 한 종류밖에 없으면 만족하지 못하는 손님이 있을 가능성도 고려하여 두 종류를 마련해 두었지."

다른 한 종류의 카드에는 데포르메된 가 씨의 일러스트가 그려져 있었다.

"……아직도 미련이 남았나 보네."

"그게 무슨 소리냐. 나야말로 이 가게의 간판이 아닌가."

"안 돼. 나머지 한 종류도 갈라텐 군의 일러스트로 그려 줘."

계속 투덜거리는 가 씨를 내버려 두고 나는 가게 안을 둘러보았다. 원래부터 무기 장식 등이 화려했던 만큼 점포 그 자체는 과도하게 꾸미지 않았었지만, 지금은 벽에다 갈라텐 군의 포스터를 붙여 놓은 상태였다.

그 포스터에는 '모험자 모집 중!'이라는 문구가 대문짝만하게 적혀 있었다. 현재 이 포스터는 전 세계의 모험자 길드에 붙어 있다고 하는데, 이 귀여운 갈라텐의 포스터에 이목을 사로잡힌 모험자가 느는 추세라고 한다.

내가 생각해도 참 단순한 아이디어였는데 일이 이렇게까지 될 줄은 몰랐다.

실존 인물인 공주와는 달리 마스코트 캐릭터라면 베리에이션을 다양하게 가미할 수 있다는 것도 장점이다. 게다가 관련 종사자가 많으면 많을수록 더 폭넓게 상품을 개발할 수 있다.

"후우…… 결국 밤을 꼬박 새고 말았군."

여느 때처럼 전신 갑옷을 입은 릴이 이쪽으로 다가왔다. 피곤

한 기색이었지만 투구 때문에 안색은 알 수 없었다.

하지만 그녀의 발걸음이 가벼워 보이는 건 손에 쥔 인형 때문일까.

"어떠냐. 갈라텐 군의 손뜨개 인형이다. 시험 삼아 한번 뜨개질을 해 봤지."

릴이 그렇게 말하며 카운터에 놓은 손뜨개 인형은 완성도가 엄청 좋았다. 털실 덕분에 갈라텐 군의 푹신푹신한 몸이 잘 재현되고 있다. 확 껴안고 싶을 정도로 귀여웠다.

"굉장해, 릴! 역시 손재주가 뛰어나다 보니 엄청 귀여워!"

"그, 그러냐……. 으, 으음, 그러하다면 만든 보람이 있군."

칭찬을 했지만 정작 릴의 태도는 쌀쌀맞았다. 내가 무슨 말실수라도 한 걸까.

"그건 그렇고 릴 정도의 장인마저 푹 빠져들 정도이니 이 갈라텐 군의 디자인은 굉장해."

"그건 그렇다. 이 푹신푹신한 털과 천진난만한 얼굴은 가히 신의 조화라 할 수 있지. 이걸 디자인한 사람은 신의 경지에 통달하지 않았을까 싶군."

사실 상업 길드 아저씨들이 시행착오를 거듭한 끝에 만든 거지만 말이지.

"아, 그러고 보니 진짜 여신은 괜찮나 모르겠네."

작업장 문을 쳐다보았다.

"벌써 사흘째 틀어박혀 있지 않은가. 스승님은 괜찮나 모르겠군……."

"밥은 잘 챙겨 먹고 있는 것 같지만."

걱정이 들어 상태를 살피러 가곤 했는데 그때마다 걱정만 늘 뿐이었다.

나는 릴의 얼굴을 보고 나서 다시금 작업장 문을 열었다.

후덥지근한 열기가 얼굴을 달구었다. 화로의 열기가 방 안을 가득 메웠고, 그 중심에서 망치질하는 소리가 규칙적으로 들려왔다.

"아리체?"

내가 이름을 불러도 망치질하는 소리는 그칠 줄을 몰랐다.

아리체는 작업장 중앙에서 열심히 쇠를 두드리는 중이었다. 지금 만드는 건 방패 같았다.

여신이 만든 방패는 아무리 예리한 창으로도 꿰뚫을 수 없다. 그뿐만 아니라 불꽃이나 벼락은 물론, 심지어 독가스조차 막아 낼 만큼의 마력을 지니고 있다.

그 견고한 방패 표면에 갈라텐 군이 그려져 있었다.

방패만이 아니었다. 아리체가 만든 검의 도신, 도끼날, 갑옷의 흉부 장갑 등, 그림을 그려 넣을 수 있는 온갖 곳에 갈라텐 군이 그려져 있다.

어제 봤을 때보다 갑절로 늘어나 있었다.

아마도 병행해서 작업한 모양인데, 이만한 수의 무기와 방어구를 용케 만들어 낼 줄이야. 이것들을 렌탈하는 대신 판매하면 나라 하나 정도는 살 수 있지 않을까 싶었다.

"……………… ♪"

아리체가 기분이 좋을 때만 부르는 콧노래가 들려왔다. 지금은 기분이 최고로 좋은 모양이다.

 갈라텐 군을 보는 아리체의 미소는 평소와는 달랐다. 즐겁다기보다는 마치 무언가에 흠뻑 빠져든 듯한, 넋을 잃은 듯한 표정이었다. 여신이 이래도 되나 모르겠네.

 "아리체, 즐거워?"

 그런 그녀를 보고 있으니 나도 모르게 그런 질문이 입 밖으로 나왔다.

 "응, 엄청 즐거워!"

 대답이 돌아왔다.

 아리체의 목소리로.

 "어?"

 "아……!"

 나와 아리체의 목소리가 겹쳤다.

 ──이런!

 아리체가 스케치북으로 의사소통을 하는 건 비단 그녀가 낯가림이 심해서 그런 것만은 아니다.

 신이란 인간이 지니지 않은 힘을 지닌 존재다.

 비록 아리체가 상위 여신은 아니지만, 여신의 힘은 분명히 있다. 대장장이 기술을 말하는 게 아니다. 그 가느다란 목에서 나오는 목소리에는 어떤 힘이 깃들어 있다.

 아리체의 목소리는 인간을 사로잡는다. 목소리에 강제력이 있으며, 이는 만물에 작용한다. 가 씨는 그렇게 말했었다.

실제 그 증거로 지금 내 심장이——.

"오, 오오……?"

심장만이 아니었다. 온몸에 소름이 돋았다. 추워서 그런 게 아니다. 마치 리듬에 맞춰 흔들리는 듯한 느낌이 들었다.

무언가가 나를 부추기는 듯한 충동이 온몸으로 퍼져 나갔다.

그와 동시에 웃음이 치밀어 올랐다.

뭐야 이거.

흥겨웠다. 리듬에 몸을 맡기는 게 기분 좋았다.

"스, 스승님, 방금 뭐라고……? 아, 아아, 왜 내 몸이, 멋대로 움직이는 거지?!"

나만이 아니었다. 같이 상태를 살피러 온 릴도 같이 몸을 흔들었다. 팔다리도 같이 리듬을 타더니 어느새 우리는 춤을 추고 있었다.

그뿐만이 아니었다. 아리체가 지금 만든 무기와 방어구도 움직이기 시작했다. 덜그럭거리며 움직이는 무기와 방어구가 바닥을 때려 대며 마치 타악기를 연주하는 듯한 소리를 냈다. 그 소리에 맞춰 나와 릴은 멋대로 춤을 추었다.

우와, 즐거워. 이대로 계속 춤추고 싶은 심정이었다.

아리체의 목소리 때문이었다. 진심을 담아 '즐겁다'고 말한 탓에 이런 일이 벌어진 것이다.

"아, 아아아아아아……."

우리는 마구 춤을 추었고, 그 가운데에서 아리체가 울상을 지었다.

"······! ············!"

아리체는 자그마한 목소리로 무어라 우물우물 중얼거리며 그 기묘한 무도회를 필사적으로 멈추고자 했다. 어떤 힘이 작용한 건지는 모르겠지만 우리의 댄스는 그렇게 1시간이나 지나서야 간신히 막을 내렸다.

간단한 댄스 정도였기에 '즐겁다'는 범주 안에서 끝났지만, 만약 아리체가 우리에게 목숨이 다할 때까지 춤을 추라고 명령을 내렸다면 지금쯤 우리는 탈진해서 죽었을지도 모른다.

[미안해······.]

아리체는 스케치북에다 커다란 글씨를 써서 사과했다.

[사실은 직접 말로 사과하고 싶지만 그럴 수도 없어. 정말로 미안해.]

"괜찮습니다, 스승님. 실수는 누구나 할 수 있죠. 여신이라 할지라도 말입니다."

땀으로 범벅이 된 릴이 아리체를 꼬옥 안아 주었다. 그녀는 갑옷을 입은 상태였기에 나보다 체력 소모가 몇 배는 더 심했을 텐데 말이다.

"아리체, 릴의 말이 맞아. 실패를 바탕으로 같은 잘못을 거듭하지 않는 게 중요해."

"뭘 잘났다는 듯이 말하는 거냐. 따지고 보면 네놈이 말을 걸었기 때문이잖은가!"

릴이 째려보았다.

[앞으로 조심할게.]

아리체는 풀이 죽은 모습이었다.

뛰어난 힘을 지닌 여신일 텐데도 왠지 인간보다 더 불편해 보였다.

[그리고. 코테츠는 잘못한 거 없어. 들뜬 바람에 실수한 내가 잘못했는걸.]

"갈라텐 군이 무척이나 마음에 들었나 봐?"

[그야 귀여운걸.]

아리체는 이제 막 만든 방패에 그려진 갈라텐 군을 보며 미소 지었다.

갈라텐 군의 매력은 아까 저지른 실수조차 잊게 만든 모양이었다. 천계에는 마스코트 캐릭터 같은 게 없으니까 말이지.

던전 앞 상점가가 순식간에 붐볐다.

저번에는 노점만 있었던 반면 지금은 거기에 더해서 갈라텐 군이 가득했다. 단지 그것만으로도 상점가의 분위기는 저번과는 확연히 달라졌다.

푹신푹신한 짐승이 점령한 상점가는 모험자도 길드원들도 흐뭇하게 만들었다. 모든 상품에 갈라텐 군의 일러스트만 들어갔을 뿐인데 인상이 확연히 좋아졌다.

"자아, 갈라텐 군 만쥬 나왔어요! 10개 한 세트당 1000가츠! 지금 구매하시면 사은품으로 갈라텐 군 고리도 드려요!"

"꺄아~! 이거 완전 귀엽잖아! 아줌마, 이거 하나 더 줘요!"

자그마한 갈라텐 군의 사은품을 본 젊은 여성이 기뻐하며 폴짝 뛰어올랐다. 그 모습을 본 남성 모험자들이 "아줌마, 저도 하나요!" 하고 만쥬 가게로 우르르 몰려들었다. 이와 같이 여성들 사이의 인기가 남성들 사이의 인기로 이어지는 모양이었다.

"오, 여기가 그 갈라텐 군의 던전인가~."

포스터를 보고 온 것으로 보이는 모험자 일동이 던전 입구에서 대화를 주고받았다. 딱히 던전 이름은 정하지 않았는데 모험자들 사이에선 그렇게 불리는 모양이었다.

이름이 정해진 건 반가운 일이지만, 내 입장에서는 또 간판을 새로 그려야 하는 처지에 놓였다. 이번에는 가 씨에게도 도움을 청했지만 말이다.

그래도 이렇게 갈라텐 군이 사람들을 불러 모은 덕분에 모험자가 눈에 띄게 늘어난 건 기쁜 일이었다.

나는 지금껏 모험자는 보수를 보고 퀘스트를 받는 줄 알았다.

하지만 지금 와서 생각해 보면, 그 수많은 퀘스트 중에서 자신에게 맞는 퀘스트를 고르는 건 어려운 일이다. 오늘 식사 메뉴를 무엇으로 할지 고민하는 것과는 비교도 안 될 정도로 말이다.

그런 상황에서는 눈길을 확 끄는 귀여운 게 있기만 해도 결정의 계기가 되곤 한다. 식사로 비유하자면 디저트의 일종이라 할 수 있다.

"네에! 어서 오세요!"

게다가 핵심은 갈라텐 군만이 아니다.

던전 입구에는 거대한 냄비가 설치되어 있다. 인간은 물론이

거니와 소도 두세 마리 정도는 통째로 삶을 수 있을 만한 그 커다란 냄비에서 식욕을 자극하는 냄새가 나오고 있었다.

냄비 위로 다리를 놓았고, 그 위에 올라간 남자 몇 명이 냄비를 휘젓고 있었다. 그리고 그런 그들 틈에서 에란티가 힘차게 손을 흔들었다.

이것도 손님 불러 모으기의 일환인 모양인지, 그녀는 가슴과 허리 부분만 살짝 덮고 있는 갑옷 ──통칭 비키니 아머──을 입고 그 커다란 가슴과 목청으로 손님들을 모으는 중이었다.

"지금 헬 오스트리치 찜 요리를 제공하고 있어요! 이 던전 입구 부근에서 출몰하는 마물인데, 그 고기를 가지고 오시면 매입해 드려요~!"

마물 고기와 가죽, 그리고 던전에서만 나오는 금속, 목재, 석재 등은 다른 곳에서는 입수할 수 없기에 가격이 제법 나간다.

모험자에겐 이게 제법 쏠쏠한 돈벌이 수단이 된다.

게다가 갑자기 변이한 마물의 소재를 이용해 새로운 발명품이 나오는 경우도 있기에, 모험자뿐만 아니라 장인들도 그들이 가지고 돌아올 전리품을 목이 빠져라 기다리고 있다.

비유하자면 희귀한 던전은 그것 자체가 일종의 보석 상자라 할 수 있다.

그렇기에 던전을 공략하는 모험자에게 '그곳에서 무엇을 얻을 수 있는지'를 어필하는 것이 중요하다.

먼저 갈라텐 군으로 이목을 끈 다음, 이어서 던전의 특징을 소개한다.

이번엔 이 전략이 제대로 먹혀들었다.

"어서 오세요!"

렌탈 무기점 아리체 던전 앞 지점도 성황리에 운영 중이었다. 갈라텐 군에게 이끌린 모험자가 우리 가게 상품을 보고 깜짝 놀라는 모습은 실로 일품이었다. 설마 이런 곳에 전설급 무기가 늘어서 있을 줄은 아무도 몰랐을 테지.

가 씨가 공손히 가게 시스템을 설명하는 옆에서 나는 다른 손님을 접객하는 중이었다.

"여기서 취급하는 무기는 정말 굉장해! 매직 아이템의 일종이야? 네가 모은 거니?"

"아뇨, 저희 가게를 대표하는 대장장이가 일일이 손수 제작한 겁니다."

"그런 뛰어난 대장장이가 있다니…… 대장장이 마을 출신인가……. 이야, 역시 이 세상엔 천재가 참 많다니깐."

나도 동감이었다. 대장장이 마을에서 차기 촌장 후보로 거론되던 릴조차 스승으로 모시는 여신이 있으니까 말이다.

실제로 릴이 만든 갑옷도 우리 가게의 상품으로 나열되어 있었다. 그녀는 무기보다도 방어구를 제작하는 게 더 적성이 맞는 모양인데, 요즘엔 아리체를 바짝 따라갈 기세라나 뭐라나.

"코테츠 군~."

귀에 익은 여성의 목소리에 나는 고개를 들었다.

"아, 케이티 씨. 안녕하세요!"

케이티 씨는 예전부터 우리 가게의 단골손님이었다. 랭크 5의 모험자인 그녀도 던전 공략팀 중 한 명으로서 모험자 동료와 파티를 맺고 연일 맹공을 퍼부었다.

그녀가 속한 파티는 매일 아침 우리 가게에서 무기와 방어구를 대여해 간다. 이번엔 2박 3일 일정의 장기 렌탈이 아니었다. 공략 목표가 날마다 바뀌기 때문에 어떤 날에는 불꽃 속성 무기를 사용하다가도 그 다음 날에는 활과 화살을 주력으로 삼는 등, 그때그때 다른 종류의 무기를 다루었다.

"오늘도 실컷 모험을 하고 왔어요~. 이게 다 아리체가 만든 무기와 방어구 덕분이에요~."

그런 그녀는 지금 비키니 아머를 입고 있다. 대체 무엇을 목표로 하고 있는 걸까.

오늘도 그 새하얀 피부에 거대한 가슴, 튼실한 엉덩이를 과감하게 드러냈다. 본인은 조금도 개의치 않는 모습이었지만, 지나가던 모험자가 케이티 씨를 뚫어지라 쳐다보고 있었기에 나로서는 그쪽이 더 신경 쓰였다.

"어라~? 왜 그러세요~?"

하지만 케이티 씨는 상당한 실력을 자랑하는 모험자다. 자신을 향한 시선쯤은 손쉽게 알아챌 수 있다. 그녀가 싱긋 웃는 얼굴로 뒤돌아보자, 그녀를 쳐다보던 남자들은 적잖이 당황했다.

"아, 아뇨, 저기, 그게, 그 갑옷에 그려진 갈라텐 군이 엄청 귀여워서요!"

"그, 그래, 그러게. 저런 자그마한 갑옷에도 갈라텐 군이 그려져 있을 줄이야~. 기술이 장난 아닌데~?"

"그렇답니다~. 갈라텐 군 엄청 귀엽죠~?"

모험자들이 뻔한 변명을 늘어놓았지만, 케이티 씨는 전혀 의심하지 않는 기색이었다.

그렇군. 갈라텐 군은 변명을 할 때에도 유용한 마스코트 캐릭터였어.

"코테츠, 이만 가도록 하지."

내가 잠시 딴생각을 하고 있을 때였다. 릴이 나를 재촉했다.

벌써 시간이 이렇게 됐을 줄은 몰랐다. 얼른 준비해야겠군.

나는 케이티 씨에게 인사를 건넨 뒤 내 무기와 방어구를 장비하기 시작했다.

우리 가게는 기본적으로 오후부터 저녁 무렵까지는 한가한 편이다.

이건 본점도 마찬가지지만, 모험자는 아침부터 오후 사이에 무기를 빌리러 오는 경우가 많다. 오전 중에 여행을 떠나 온 힘을 다해 퀘스트를 수행하고 밤이 되기 전에 돌아오는 것이 일반적이었다. 특별한 사정이라도 없는 한, 밤에 무기를 빌리러 오는 손님은 거의 없었다.

이 던전은 그러한 경향이 한층 더 두드러졌다. 아침부터 밤까지 당일로 렌탈을 하는 손님의 비율이 매우 높았다. 안에 무엇이 도사리고 있을지 모를 던전에서 하룻밤을 보낼 만큼 강심장인 모험자는 거의 없기 때문이다.

그렇기에 오전 피크 타임이 지나면 가게를 볼 사람은 최소한 만 있으면 된다.

그래서 그 빈 시간을 활용해 무엇을 하느냐——.

바로 던전 탐색이었다.

나, 릴, 에란티, 이렇게 셋이서 던전 곳곳을 조사했다.

"던전 풍경은 다 거기서 거기인 것 같단 말이지."

아무래도 던전 안에 있다 보면 꽤나 불안해진다.

지금 우리가 있는 곳은 던전 2층이다. 던전 입구에서 1시간쯤 나아가다 보면 위로 올라갈 수 있는 계단이 있고 거기를 통해 던전 2층으로 올라가면 바로 앞에 통로가 펼쳐져 있는데, 지금 우리는 그곳에 있었다.

통로라 해도 폭이 20미터는 되었기에 단체로 온 파티와 파티가 서로 엇갈려 지나갈 수 있을 만큼 여유가 있었다. 여기뿐만 아니라 이 던전 내의 통로는 아마도 전부 폭이 같을 것이다.

밖에서 봤을 땐 녹색이었던 벽이 내부에서 보면 돌과 나무를 섞은 것을 굳혀서 만든 듯한 형태로 이루어져 있었다. 이 벽은 그 어떤 방법으로도 부술 수 없었다.

누가 봐도 자연적으로 형성된 것이 아니었다. 그렇다고 이걸 인간이 만들었을 리도 만무했다.

마치 자로 그은 듯 정확한 미궁에 미지의 소재를 쓴 벽으로 이토록 아름답게 모양을 낼 수 있는 장인이 어디 있겠는가.

만약 그런 장인이 존재해서 오랜 시간을 들이면 만들 수 있을지 모른다. 하지만 이 던전은 순식간에 형성되었다.

"이렇게 정교한 미궁은 고대 문명 유적에서도 좀처럼 보기 힘든데……."

나는 벽을 손으로 만지며 감탄했다.

그런 미궁 안에서 현재 우리가 무엇을 하고 있느냐 하면──.

"이야~ 이런 마물도 있구나!"

에란티가 붉은 슬라임의 시체를 입수하고 쓴웃음을 지었다.

모험자를 상대로 장사를 하는 만큼, 상품에 쓸 재료를 미리 파악해 두어야 나중에 일어날지도 모를 문제를 미연에 방지할 수 있다. 음식 맛도 제대로 알 수 없는 요리를 손님에게 내놓는 요리사가 없듯이 말이다.

"이거, 먹을 수 있을까?"

에란티가 슬라임 시체를 건드리며 그렇게 물었다. 피처럼 붉은색을 띤 슬라임이었다.

하지만 색이 이렇다고 먹을 수 없다는 보장은 없다. 실제로 와인도 붉으니까 말이다.

"불로 살짝 구워 보자."

불꽃 속성 나이프로 내장 일부를 구워 보았다. 어쩐지 육즙 냄새가 났다. 먹을 수 있을 것 같기도 했지만…… 좀처럼 용기가 나질 않았다.

"이걸 식재료로 쓰는 것도 좋지만, 소재로 쓸 수 있을 가능성도 고려해 보는 게 좋겠군."

릴은 아까부터 줄곧 벽을 살피는 중이었다.

들고 온 창으로 벽을 살짝 찌르자 작은 구멍이 생겼다. 하지만 반대편으로 빠져나갈 정도의 구멍은 뚫을 수 없는 모양이었다.

"이 벽은…… 쇠처럼 단단하지만 주재료는 목재다. 대체 어떻게 만들어야 이런 재질이 되는 건지……."

"갑옷 소재로 쓸 수 있겠어?"

"갑옷보단 건축 재료로 쓰면 좋겠군. 제조법을 알아낸다면, 어쩌면 전쟁의 양상이 바뀔지도 모르지."

그 정도로 뛰어난 벽이란 말인가.

모험자에게 마물과 미궁은 그저 걸리적거리는 존재에 불과할지도 모른다. 하지만 세상에는 그것 자체를 보물로 여기는 사람도 있기 마련이다.

이보다 더 안쪽에는 또 다른 신소재가 잠들어 있을 테지.

좀 더 나아가고 싶다는 생각도 들었지만, 시간상으로는 슬슬 한계였다.

"좋았어. 그럼 돌아갈까?"

"응."

에란티가 메모지를 주머니에 넣고 벽을 살폈다.

거기에는 우리보다 훨씬 전에 이곳에 들른 모험자들이 새긴 기호가 있었다. 그걸 되짚어가다 보면 던전 입구까지 갈 수 있다.

하지만 대개는 모험자가 멋대로 낙서를 한 것에 가까웠다. 특히나 입구 부근은 무척이나 지저분했다.

"한번 날을 잡아서 벽에 새긴 기호들을 싹 청소하는 게 좋겠어. 오히려 길을 잃고 헤매는 모험자가 나올지도 몰라."

"그보단 올바른 표지판을 설치해 두는 게 좋지 않겠나?"

릴이 그렇게 제안했다.

"누가 새겼을지 모를 낙서에 의지하는 것보단 상업 길드나 모험자 길드 주관으로 '위험'이나 '올바른 코스' 등, 중요한 것들만 추려 표지판을 설치하면 좋을 것 같군."

"오, 그거 좋은 생각인데!"

마침 상업 길드에는 갈라텐 군이 있다. 갈라텐 군 마크를 붙인 표지판을 많이 설치해 놓으면, 이미 공략이 완료된 저층 던전에서 길을 잃고 헤매는 경우는 없어진다.

"그리고, 광원이 좀 더 많으면 좋을 것 같아."

에란티의 의견도 타당했다.

던전에서 어둠보다 무서운 건 없다. 언제 어디에서 마물이 습격할지도 모른다는 공포는 이루 말하기 힘드니까.

벽에 램프나 횃불 등을 설치해 놓으면 올바른 코스를 알아보기 쉬우니 모험하기에도 유용할 것이다.

모험자가 만족할 만한 서비스를 제공하는 것은 무기점의 기본이다.

그 정신을 던전에도 적용하면 된다.

"근데 이건 어쩔까……."

아까 구운 슬라임을 쳐다보았다. 처음엔 먹을 수 있지 않을까 싶었지만, 불에 닿고 나니 단단해졌다. 이래서는 씹을 수가 없다.

"버릴까? 그러자니 좀 아까운데~."

"그럼 네가 먹으면 되잖아."

"싫어. 기분 나쁜걸."

솔직하게 반응하는 에란티의 모습에 내가 쓴웃음을 짓고 있을 때였다. 문득 시야 한쪽 구석에서 무언가가 눈에 들어왔다.

마물……인가? 하지만 마물치고는 자그마한 생물체였다. 길쭉한 귀가 달리고 복슬복슬한 털이 난 모습이 토끼를 빼닮은 작은 동물이었다. 하지만 두 다리로 걸어 다녔고, 앞발인지 팔인지 구분하기 힘든 몸 부위로 팔짱을 끼고 있었다.

기묘한 건 등에 철판 같은 것을 짊어지고 있다는 것이었다. 이름을 붙이자면 실드 래빗이라고나 할까.

"……먹을래?"

나는 그 작은 동물에게 별생각 없이 구운 슬라임을 보여주었다.

"코테츠, 지금 뭐 하는 거야? 토끼는 초식이잖아. 어떻게 슬라임을——."

에란티가 말을 채 끝내기도 전에 그 작은 동물은 재빠르게 내쪽으로 뛰어오르더니, 내가 들고 있던 구운 슬라임을 빼앗아 어디론가 달아나 버렸다.

"……먹나 보네."

"마물이니까. 먹을 수 있는 종족이겠지."

철판을 짊어진 저 토끼 마물은 숲에서는 본 적이 없었다. 저것도 던전 특유의 마물일까.

왠지 모르게 갈라텐 군에 버금갈 만큼 귀여웠다. 이 세상에 저렇게 적의를 드러내지 않는 마물만 있다면 얼마나 좋을까.

토끼가 어둠 속으로 사라지는 것을 확인하고 나서 우리는 다시 돌아갈 채비를 했다.

"응? 릴, 왜 그래?"

"귀, 귀엽군. 방금 그 마물……."

그녀는 씨근덕거리며 손가락을 꼬물거렸다. 이번엔 나도 동감이었다.

"저런 마물도 마스코트 캐릭터로 삼으면 되지 않을까? 갈라텐 군의 친구로 팔면 좋을 것 같은데."

"그거 좋은 생각인데! 돌아가면 즉각 길드장님이랑 상의해 보자!"

역시 에란티. 돈 냄새 하나는 기가 막히게 잘 맡는단 말이지.

우리가 다른 작은 마물에 정신이 팔린 와중에도 아리체는 갈라텐 군 일편단심이었다.

우리가 밤 무렵에 성시의 본점으로 돌아왔을 때, 아리체는 작업장에서 신작을 개발하는 중이었다.

[다들 어서 와.]

작업장 중앙에 웬 털북숭이 물체가 있었다.

처음엔 무슨 동물을 해체하는가 싶었는데 그렇지 않았다.

얼마 전 상업 길드를 거들었을 때 갑옷처럼 보이지 않는 갑옷을 만들고자 시도한 적이 있었는데, 그때 개발된 것이 고릴라랑 똑 닮은 갑옷이었다.

아리체는 그 고릴라 아머의 외피 부분을 벗겨 냈다.

그리고 거기에다 새로운 가죽을 덧댔다. 이것은 단순히 가죽이 아닌, 참격과 타격마저 견딜 수 있는 고성능 갑옷이기도 했다.

고릴라 아머와 다른 점은 색과 털이었다. 흰 털에 붉은 문양이 그려져 있고, 손으로 만지면 손목까지 쑥 들어갈 정도로 엄청 푹신푹신했다. 게다가 얼굴 부분은 험상궂은 형상의 고릴라와는 달리 귀엽고 단순한 형상을 띠었다.

갈라텐 군의 인형 옷으로밖에 보이지 않는── 아니, 실제로도 인형 옷이 맞았다.

다만 일반 인형 옷과 다른 건 아리체가 만들었다는 점이다. 일반 전신 갑옷과는 비교도 되지 않을 만한 방어력을 자랑하는 물건이었다.

[이름하여 갈라텐 군 아머야. 어때?]

"이걸 단 하루 만에 만들었다고?!"

평소의 아리체라면 아무리 빨라도 사흘은 걸린다. 심지어 그것도 일반 장인에 비해 몇 배나 더 빠른 작업 속도였다. 그 기록을 이렇게나 간단히 뛰어넘을 줄이야.

[고릴라의 내용물을 바꾸기만 했을 뿐이라 쉽게 끝났어.]

본인은 별 대수롭지 않다는 듯이 말했지만, 갈라텐 군의 새로운 외피를 만드는 것만 해도 고생깨나 했을 것이다.

[이거 봐봐.]

완성하자마자 아리체는 곧바로 갈라텐 군의 인형 옷을 착용했다. 아리체처럼 몸집이 작은 여자애한테도 딱 맞게끔 만들어져 있었는데, 혼자서도 쉽게 입을 수 있는 모양이었다. 뭐, 아마도 자기가 입을 목적으로 만들었을 테지만.

그리하여 아리체는 갈라텐 군이 되었다.

털 상태도 좋았지만, 머리 부분과 몸 밸런스가 무척이나 좋았다. 3등신이 된 몸이 제자리에서 뿅뿅 뛰어오르기만 해도 왠지 모르게 기분이 흐뭇해졌다.

"귀, 귀엽습니다, 스승님⋯⋯."

투구를 쓰고 있어서 정확히 알 수는 없었지만, 왠지 릴은 침이라도 질질 흘릴 듯 넋을 잃은 모습이었다.

"그런데 이거 진짜 귀여운데? 던전 앞에 세워도 좋겠어."

내가 그렇게 평하자,

"어, 그치만 이건 아리체가 만든 거잖아? 이거 입고 던전 안에 들어갈 수 있는 거 아니야?"

에란티가 그렇게 답했다.

"그렇다는 말은, 이 인형 옷을 상품으로 렌탈하게? 빌려 갈 사람이 있나 모르겠는데⋯⋯."

"방어력은 보장할 수 있잖아."

원래 고릴라 아머였을 적에도 일반 검이라면 흠집 하나 내지 못했을 뿐만 아니라, 심지어 오히려 부러지는 검도 있었을 만큼 방어력이 엄청났다. 이걸 입고 던전에 들어가면 어린아이도 무사히 생환할 수 있지 않을까.

"아, 근데 잠깐만."

에란티가 무언가를 떠올렸다.

"아리체, 혹시 이 인형 옷을 더 많이 만들 수 있어?"

[만들어도 돼?]

아리체가 반색하며 되물었다.

"단, 상품으로 쓸 건 아니라서 제작비는 최대한 줄이는 게 좋을 거야."

[괜찮아! 귀엽게 만드는 데 제작비는 필요 없어!]

아리체는 기뻐서 어쩔 줄 몰라 하며 펜치와 나이프를 쥐었다. 곧바로 두 번째 갈라텐 군 아머를 만들려는 모양인가. 좀 쉬고 나서 하는 게 어떨까 싶은데.

[그런데 무엇에 쓰게? 용도를 알면 더 수월하게 만들 수 있는데.]

"그게, 상업 길드의 전투복으로 쓸까 싶어."

"전투복? 유니폼이 아니라?"

상업 길드의 유니폼이라면 이미 있다. 등에 갈라텐 군의 일러스트가 자수로 놓인 셔츠인데, 우리도 던전 앞에서 일할 적에는 그걸 입곤 했었다.

"아무거나 입어도 상관은 없지만 던전 안에서 작업할 때 편리하지 않겠어? 아리체가 만든 갑옷이라면 훨씬 안전하게 작업할 수 있을 거야."

"아하, 그렇군. 이걸 입으면 상업 길드 쪽 사람이란 걸 단번에 알아볼 수 있겠어."

에란티가 무엇을 기획하려는지 대충 감이 잡혔다.

모험자들이 던전을 탐색할 때마다 온갖 문제가 발생했다. 길 안내 문제, 실종된 모험자의 수색 문제, 던전 내부에서 일어난 마찰 등등.

길드 내부에서도 그러한 문제들을 해결하자는 목소리가 나오고 있지만, 애석하게도 문제 해결을 모험자에게 맡기기는 어려웠다. 대부분의 모험자는 던전을 탐색하며 일확천금을 노리는 데 여념이 없으니까 말이다.

하지만 아리체의 방어구가 있으면 그러한 문제들을 해결할 수 있다.

길드 사람은 던전 내부를 정비할 때 튼튼한 갑옷을 입을 수 있고, 모험자는 혹시나 곤경에 처하더라도 갈라텐 군의 인형 옷을 쓴 사람에게 도움을 요청할 수 있다.

"그런데, 길드 주관으로 거기까지 해도 되는 걸까?"

릴이 이견을 제시했다.

"던전이란 모험자가 스스로 탐색하는 곳이 아닌가. 길드가 간섭하면 그건 더 이상 모험이라고 할 수 없지 않겠나?"

"어디까지나 공략이 끝난 곳만 그렇게 하자는 얘기야. 모험자가 길을 개척하고 우리는 그 길을 포장해 나가는 느낌이랄까?"

에란티가 그렇게 답했다.

"모험자를 돕는 게 길드의 역할이야. 싸우는 데 편리한 무기를 만드는 거랑 같은 거지. 내 말은 모험자의 탐색을 도와주자는 게 아니라, 이 던전을 탐색할 맛이 나는 곳으로 만들자는 거야. 그럼 모험자도 더 많이 오지 않을까 싶거든."

"듣고 보니 그렇군……. 에란티의 말도 일리가 있어."

릴이 고개를 끄덕였다.

"이번엔 고작 모험자 몇 명을 상대로 하는 게 아니니까. 모험자는 많으면 많을수록 좋아. 전쟁과 마찬가지로 용사 한 명이 눈부신 활약을 펼친다고 어떻게 되는 게 아니거든."

나도 실력에 자신이 없는 건 아니다. 아리체가 만든 무기가 있으면 대부분의 마물은 사냥할 자신이 있다.

하지만 던전은 그렇지 않다.

많은 모험자가 한 치 앞도 알 수 없는 길을 나아가고, 정보를 교환하고, 마물을 토벌한다. 몇십, 몇백에 이르는 파티가 조금씩 길을 개척해 나가다가, 마침내 누군가가 던전을 공략한다.

혼자서는 할 수 없는 일이다.

그리고 그런 모험자들을 지원하는 것이 바로 우리가 해야 할 일이다.

"저어, 뒤쪽에 계신 분, 제 말 잘 들리세요? 들리시면 손을 들어—— 네, 감사합니다."

던전 앞 상점가로부터 조금 떨어진 곳에서 확성기를 쥔 에란티가 설명을 시작했다. 그녀의 말을 경청하는 이들은 상업 길드에서 고용한 아르바이트생이었다.

그 수는 대략 50명 정도였다.

모두 갈라텐 군 아머를 착용 중이다.

직립 부동자세로 일사불란하게 늘어선 갈라텐 군은 솔직히 말해서 무시무시했다. 하나만 떼어놓고 보면 털 달린 귀여운 인형 옷이지만, 이만한 수가 모이니 기이한 분위기를 자아냈다.

즐겁게 놀고 있는 중이라면 그래도 귀여울지 모르겠다. 하지만 전원이 진지하게 에란티의 이야기를 듣고 있다. 좋은 일이지만 역시 무섭다.

"그럼 알바를 하러 오신 여러분께 업무 내용을 설명드릴게요! 먼저 4개 반으로 나뉘어 각 반마다 정해진 일을 하실 텐데요——."

에란티가 힘차게 업무 내용을 설명했다.

대략적으로 설명하자면 그들이 맡은 건 모험자의 도우미 역할이다. 길을 안내하거나, 치료를 해 주거나, 필요한 물건을 판매하는 등등. 그리고 도우미의 상징으로서 갈라텐 군을 사용했다.

이거 참 힘들었단 말이지.

갈라텐 군 아머를 양산하기 위해 한동안 가게 문을 닫고 매일 아침부터 밤까지 작업을 계속해 왔다. 주요 제작자는 아리체였는데, 심지어 그녀는 한숨도 자지 않고 미소 띤 얼굴로 계속해서 갑옷을 만들어 냈다.

그렇지만 아무리 여신이라 해도 체력적인 한계는 있었는지, 50벌에 이르는 갈라텐 군 아머를 만든 뒤에는 하루 내내 잠만 잤다. 심지어 그때도 갈라텐 군 인형에 둘러싸인 채 행복한 표정으로 수면을 취했지만 말이다.

"그럼, 이걸로 설명을 마칠게요! 잘 모르는 사항이 있으면 갈라텐 군 리더에게 물어봐 주세요! 그럼, 다들 도구 챙기고 출발해 보자고요~!"

에란티의 호령에 따라 갈라텐 군들이 줄지어 던전으로 들어갔다. 그 기묘한 광경에 던전 앞 상점가에 있던 사람들이 깜짝 놀라 기겁하곤 했다.

"후우, 피곤해……."

"수고했어."

설명을 마치고 돌아온 에란티에게 내가 물을 건넸다.

"난 장인 길드 사람인데 왜 상업 길드 일만 거들고 있는 건지 모르겠어."

"돈이 될 것 같은 일에 자기 발로 찾아가니까 그렇지."

갈라텐 군의 귀여움에 푹 빠져 밤을 지새우면서까지 작업에 몰두한 아리체와 비슷한 느낌이었다. 다만 아리체가 푹신푹신한 걸 좋아한다면 에란티는 반짝거리는 걸 더 좋아한다고나 할까.

"오오, 에란티! 고맙네!"

상업 길드 길드장이 그 거구를 출렁이며 이쪽으로 달려왔다.

"설마 갈라텐 군이 여기까지 발전할 줄은 나도 몰랐어! 이게 다 네가 기획해 준 덕분이야! 정말로 고맙네!"

길드장은 에란티의 손을 쥐고 위아래로 흔들어 댔다. 감동한 나머지 눈물까지 흘리고 있었다.

"에이 뭘. 가끔은 무료로 봉사도 하고 그래야지!"

"에에에에에엑?!"

"······코테츠, 뭘 그렇게 놀라고 그래?"

"아, 아니, 네가 무료로 봉사하겠다니?! 갑자기 왜 그래? 뭐 잘못 먹었어?"

"잘못 먹은 건 너겠지! 내가 무슨 돈밖에 모르는 사람인 줄 알아?!"

그럼 아니야? 라고 물으려다가 관뒀다.

길드장이 나에게 웬 종이를 내밀었기 때문이다.

"이거 좀 보게, 코테츠 군. 이건 이번 달 자료인데, 단순히 손님 수만 봐도 변화가 엄청나. 게다가 매상과 방문객 차이뿐만 아니라 소모품 수도——."

"······그, 수치가 증가했다는 건 알겠네요."

종이에 잔뜩 적힌 숫자만 보고 있어도 머리가 지끈거렸다. 길드장은 이런 암호 같은 숫자와 매일같이 씨름하고 있단 말인가.

이거 레어 몬스터를 토벌하는 것보다 훨씬 어려워 보이는데?

"아저씨, 코테츠한테 그렇게 어려운 걸 설명하면 어떡해! 애를 죽일 셈이야?!"

그때 에란티가 끼어들어 나를 도와줬다. 고마워. 하마터면 의식을 잃을 뻔했거든.

"요컨대 갈라텐 군이 나온 뒤로 모험자 수가 잔뜩 늘었다는 얘기야."

"아, 그렇게 설명해 주니까 머리에 쏙 들어오네."

"난 말이야. 돈도 좋아하지만, 이렇게 수치가 늘어나는 모습을 보는 것도 좋아해. 내가 한 일에 성과가 나오고 있다는 걸 알 수 있으니까."

에란티는 종이를 보며 기쁜 기색으로 미소 지었다.

그렇군. 그녀는 돈에만 정신이 팔린 게 아니라 한눈에 알 수 있는 지표를 원하는 것이다. 우리 가게에서 자주 사용하는 공격력 측정기도 에란티가 만들었다. 그녀는 무슨 일이든 간에 확실한 걸 좋아하나 보군.

"앞으로도 잘 좀 부탁하겠네, 에란티, 코테츠 군."

"넵!"

나와 에란티는 길드장에게 고개를 숙였다.

보이지 않는 곳에서 활약하며 각종 수치를 늘리는 에란티와는 별개로, 나에겐 내가 해야 할 일이 있었다.

모험자가 증가한 덕분에 어느 순간부터 '갈라텐 군의 던전'이라는 이름이 붙은 미궁은 중간 계층까지 공략이 완료되었다.

날마다 갱신된 지도가 모험자들 사이에서 공유되었다. 이 지도를 정확하게 제작하는 것 또한 상업 길드가 해야 할 일이다.

방금 계층이라는 표현을 썼지만, 던전은 건물처럼 위층 아래층이 나뉜 건 아니다. 계단을 올라가거나 회랑을 빠져나오면 갑자기 분위기가 바뀌는 지점이 있다. 벽의 색이 바뀌거나 출몰하는 마물이 싹 바뀌는 식으로 말이다. 바로 그 지점을 계층이라고 일컫는다.

과연 이 던전은 총 몇 계층까지 있을까. 현시점에서는 아무도 알 수 없었다.

현재 내가 발을 들인 계층은 막 공략이 한창인 곳이었는데——.

"우, 우와아아아아앗!"

바로 눈앞에서 모험자 파티가 습격을 받았다.

주위의 벽이 돌처럼 생긴 걸로 이루어져 있었고, 전체적으로는 새하얀 색을 띠는 층이었다. 그리고 온몸이 그 벽과 같은 색을 띤 새하얀 골렘이 모험자를 제압했다. 다리는 짧았지만, 통나무처럼 두터운 그 팔을 휘두르기만 해도 모험자의 몸이 저만치 날아가 버렸다.

계속 당하기만 하는 모험자들이지만, 무기와 방어구를 보면 멀리서도 그들이 상당한 실력자임을 알 수 있었다. 그리고 그들의 장비가 우리 가게 상품은 아니지만 실력이 뛰어난 장인이 만들었다는 사실도 말이다.

"좋았어, 돕자!"

[응!]

내 옆에 있는 아리체가 대답했다.

그리고——.

[갑니다!]

갈라텐 군 아머를 입은 아리체가 골렘을 향해 돌격했다. 짜리몽땅한 다리를 바동거리며 움직이며 뛰어드는 그 모습은 마치 이제 막 걸음마를 뗀 아기 같았다.

그리고, 뛰어가던 도중에 넘어졌다.

"…………?"

당하기만 하던 모험자도, 골렘도 움직임을 멈추고는 아리체를 바라보았다.

아리체는 그대로 멈추는가 싶더니, 넘어진 채로 몸을 빙글 돌리기 시작했다. 그 기세를 타고 골렘에게 회전 공격을 가할 심산이었다.

골렘도 처음엔 움직임을 멈추었지만, 곧바로 아리체가 적임을 판단한 모양이다. 육중한 팔을 휘두르며 아리체를 짓뭉개려고 달려들었다. 하지만 아리체가 그보다 빨리 회전 태클을 가했다.

"좋아. 잘했어, 아리체!"

나는 균형을 잃은 골렘과 순식간에 거리를 좁혔다. 그러고는 손에 쥔 양손 검으로 골렘의 각 몸 부분과 몸 부분을 연결하는 부위를 잘랐다. 끝으로 가슴 중앙에 있는 핵을 찔러 마무리를 지었다. 모험자를 위험에 빠뜨렸던 마물은 이제 한낱 돌로 변했다.

"가, 감사합니다!"

도움을 받은 모험자가 아리체에게 감사를 표했다.

[곤란할 땐 갈라텐 군에게 말씀해 주세요!]

아리체는 스케치북을 보이며 팔을 흔들었다. 이럴 땐 입으로 말하는 것보다 상대에게 전달하기 더 용이했다. 다른 알바생들은 어떻게 하고 있을지 살짝 궁금했다.

모험자 파티에게 나가는 길을 가르쳐 주자, 그들은 거듭 감사를 표하며 돌아갔다. 역시 실력가는 언제 물러나야 할지도 잘 아는군.

"아리체, 괜찮아?"

갈라텐 군 아머를 입은 아리체에게 묻자, 그녀는 몸짓 손짓으로 괜찮다는 의사를 표했다. 그렇게나 회전했으면 현기증이 날 법도 한데, 역시 여신이군.

원래 이 아머는 내가 입을 예정이었다.

하지만 막상 출발할 때가 되자 아리체가 꼭 이걸 입고 싶다며 떼를 썼다. 나뿐만 아니라 다들 위험한 일이라고 아리체를 말렸지만, 그녀는 한사코 고집을 부리며 자신의 뜻을 굽히지 않았다.

결국 내가 호위로 붙어 다니겠다고 모두를 설득했다. 나는 갈라텐 군 셔츠를 입고서, 즐거운 기색으로 껑충껑충 걷는 아리체의 뒤를 따르게 되었다.

[코테츠, 이거 좀 봐!]

그 아리체가 이번엔 골렘의 잔해를 유심히 살폈다.

돌로 이루어진 골렘의 작동 원리는 다양하다. 골렘 내부나 밖에서 누군가가 조종하는 경우도 있고, 강한 마력을 이용해 자동으로 움직이는 경우도 있다.

이 던전에 있는 골렘은 아무래도 전자에 해당하는 것 같았다. 돌로 이루어진 신체에서 수많은 벌레가 도망치는 모습이 눈에 들어왔기 때문이다. 즉, 몇백 마리나 되는 벌레가 이 골렘을 조종하고 있었다는 얘기다.

지금 아리체의 이목을 끈 건 돌로 이루어진 골렘의 신체였다.

[이거, 인간계엔 없는 재질로 이루어져 있어.]

아리체가 깜짝 놀랄 만한 사실을 아무렇지 않은 투로 입에 담았다.

[엄밀히 말하자면 인간계에서도 만들 수는 있어. 하지만 엄청 귀중한 광석을 혼합해서 만들어야 해. 이 돌의 가치는 아마도 내가 만든 검과 맞먹을 거야.]

"그 정도면 완전 보물이잖아!"

[그러니 가지고 가자. 무기의 소재로 쓸 수 있을지도 몰라.]

"좋았어. 기다려 봐! 지금 이걸——."

돌을 들어 올리려고 했지만 너무 무거웠다.

돌치고는 가벼운 편이지만, 그래도 인간의 몸집보다 몇 배나 큰 골렘의 신체를 나 혼자 전부 가지고 돌아가기란 불가능했다.

하다못해 수레 하나라도 있으면 편할 텐데——.

"어라~? 왜들 그러십니까요?"

마침 그때 누군가가 지나갔다.

젊은 남성의 목소리였다. 뒤이어 무언가를 끄는 듯한 소리가 들렸다.

표지판을 설치하고 돌아가는 중인 것 같았다. 빈 수레를 끄는 그 남자는 갈라텐 군 아머를 입고 있었다.

"이야, 덕분에 살았네요!"

골렘 파편을 수레에 실은 뒤, 우리는 던전 밖으로 탈출했다.

"아뇨, 아뇨, 저야말로 대신 수레를 끌어 주셔서 정말로 감사할 따름이걸랑요."

내 옆에는 갈라텐 군 아머가 두 벌 있었다. 아리체와 젊은 남자 알바생이 나란히 걷는 중이었는데, 둘은 꼭 쌍둥이 같았다.

같은 갈라텐 군이라 서로 죽이 잘 맞았는지 아리체도 화기애애한 분위기로 대화를 나누었다. 그녀가 처음 만난 사람에게 이렇게까지 속을 터놓고 얘기하는 건 드문 일이었다.

"어? 그럼 당신이 이걸 만든 겁니까?! 대박, 완전 감동했어요! 악수 좀 해 주실 수 있나요?!"

그 알바생은 방정맞은 태도로 아리체의 손을 쥐었다. 야, 너무 붙지 말라고.

"이 갑옷 진짜 완전 대박이에요! 조금 전에도 작업하다가 마물한테 여러 차례 습격을 받았었는데, 작업이 끝날 때까지 습격을 받았다는 사실조차 몰랐다니까요!"

아니, 그건 그냥 네가 너무 둔감한 게 아니고?

"중간에 만났던 모험자도 같은 말을 하더라니까요! 이 갑옷은

완전 대박 물건이니까 어디에서 만든 건지 꼭 좀 알려 달라고 하더군요! 알고 보니 성시의 렌탈 무기점에서 만들었군요! 다음에 그 모험자랑 맞닥뜨리면 꼭 알려 줄게요!"

"그래 주시면 저희야 감사하죠. 마구마구 홍보해 주세요."

"알겠습니다요!"

그 알바생은 방정맞은 투로 대답했다.

이 사람은 아리체와는 정반대 성격인지 붙임성이 좋았다. 나도 처음엔 경계했지만, 몇 차례 대화를 나누다 보니 차츰 익숙해졌다.

나는 던전 밖으로 나가는 동안 맞닥뜨린 모험자를 안내하면서 알바생의 얘기를 들었다.

"그래서 얼마 전에 만난 모험자가 이렇게 얘기했걸랑요. 이 던전엔 왠지 대박 위험한 마법이 걸려 있을 것 같다고요."

"역시나 마법의 일종이었군."

"그 마법을 풀면 던전도 없어질지도 모른다더군요. 그런데 대체 무슨 수로 마법을 풀죠?"

[마법 종류에 따라 다르지만, 마법진을 없애거나 마법사를 직접 멈추거나 마력을 부여하고 있는 걸 제거하면 될 거야.]

"그 방법을 찾는 것도 탐색의 일종이란 말씀이군요. 우와~ 역시 모험자 일은 대박 힘드네요. 아마도 전 죽어도 못할 것 같아요!"

알바생의 반응은 호들갑스러웠지만, 실제로도 모험자 일이 힘든 건 사실이다.

단순히 강한 마물을 쓰러뜨린다고 해결되는 일이 아니다. 이 던전 자체를 파괴해야 한다. 파니츠 왕국의 기사단이 모든 전력을 동원하면 가능할 것도 같았지만, 그랬다간 왕국이 무방비 상태로 노출되고 만다.

"아, 그래도 모험자를 돕는 일은 좋아해요! 완전 멋지지 않습니까! 특히나 톱클래스인 케이티 파티나 퍼시벌 파티 말이죠. 아, 그런데 조르디 파티 쪽은 요즘 리더가 케이티 씨한테 차여 의욕이 떨어지는 바람에 전력이 저하된 것 같더라고요."

"당신, 꽤 빠삭하네?"

"아~ 가끔 던전에서 맞닥뜨리면 이런저런 대화를 나누곤 하거든요. 거의 대부분의 톱클래스 모험자는 케이티 씨를 노린다면서요? 그런데 그 사람은 분위기가 좀 그런 바람에 고백하는 족족 차이지만 말이죠."

오히려 이 알바생은 모험자 일이 천직이 아닐까 싶었다. 그 정보망과 입담을 잘 살리면 왠지 잘나갈 것 같기도 한데…….

"근데 요즘은 겉멋만 잔뜩 든 모험자도 늘었단 말이죠. 아무래도 쇼핑몰이 생기면서 때깔 좋은 방어구가 늘어난 것도 원인이 아닐까 싶지만요."

"쇼핑몰……이라."

문득 코르크스노우가 운영하던 레온몰이 떠올랐다.

지금 그는 어떻게 되었을까.

이 던전은 나무와 흙을 분해하고 재생하여 형성되었다. 아마도 그 안에 있던 사람도 같은 처지가 되지 않았을까―― 하는 소문도 있다.

하지만 희망은 있다. 아직 실종자의 시체도 유품도 발견되지 않았기 때문이다.

어쩌면 어딘가에 생존해 있을 가능성도 있다――. 어디까지나 희망적인 관측에 불과하지만, 그래도 아직 시체가 발견되지 않았으니 수색할 가치는 충분했다.

하지만 던전이 형성된 뒤로 약 한 달 가까운 시간이 지났다. 지금까지 수많은 모험자가 수색에 나섰지만 아직 실마리조차 잡지 못했다.

"쇼핑몰에 있던 사람들을 얼른 찾았으면 좋겠어."

"그러게요~. 실종된 사람들이 '살려주세요~'라고 소리쳐 주면 왠지 찾기 쉽지 않을까 싶은데 말이죠~."

알바생이 갑갑하다는 투로 말했다. 나도 동감이었다.

하다못해 조금이라도 단서가 있으면 좋으련만…….

이제 레온몰에 있던 사람들의 생존은 절망적이라 상업 길드와 기사단도 거의 체념한 분위기에 젖어 있을 무렵이었다. 문득 우리 가게에서 변화가 일어났다.

"으음? 그 남자는 이제야 알아차렸는가."

던전 앞 상점가에서 당번을 서고 있던 가 씨가 불쑥 그렇게 말했다.

"가 씨, 왜 그래?"

"코르크스노우의 위치를 알아냈다."

"뭐? 그게 정말이야?!"

느닷없이 이게 뭔 소리래.

대체 무슨 수로 알아낸 건지 설명해 주겠지?

"난 거짓말을 하지 않는다. 계약서의 힘을 이용하면 그 정도야 손쉬운 일이지."

"계약서…… 아, 가게 회원증 말이지?"

툭하면 가 씨의 입에서 나오는 그 회원증이었다. 모든 손님은 그 회원증을 의무적으로 만들어야 한다.

"그것을 발행하는 덴 다 이유가 있다. 손님의 정보뿐만 아니라 현재 위치 및 상황도 파악할 수 있기 때문이지."

"그런 건 왜?"

"아리체가 만든 걸 바르게 사용하면 문제가 없지만, 모종의 사정으로 무기를 반환하지 못하는 경우가 있다. 무기를 훔쳐 달아나는 자도 있고 말이지."

흔히들 말하는 도난 대책은 있다. 아리체의 무기에는 모두 특수한 마력이 깃들어 있기에, 일정한 기간이 지나면 무기가 알아서 가게로 돌아오게끔 조치가 되어 있다.

"도난은 그렇다 쳐도, 부상 등의 이유로 몸을 가누지 못할 경우엔 모험자 측에서 구조를 요청할 수 있지."

"오호라!"

그런 편리한 기능이 있었을 줄이야.

"근데 왜 지금까지는 몰랐는데?"

"계약서가 파손되었을 때 나에게 신호가 오게끔 되어 있거든.

그대가 저번에 갈라틴과 대치했을 당시에 바로 달려갈 수 있었던 것도 그 힘이 발동했기 때문이었지.”

아하, 숲에서 갈라틴과 싸우고 도망쳐 다니던 그때 말인가. 나도 모르는 사이에 주머니 속에 들어 있던 회원증이 파손된 모양이었다. 전혀 몰랐다.

“편리하긴 한데, 뭔가 좀 번거롭지 않아?”

“그럴지도 모르지. 그런데 고객 정보가 항상 나에게 들어오면 어떨 것 같나?”

생각해 보니 엄청 귀찮을 것 같았다.

게다가 계약자의 입장에서도 자신의 정보가 항시 노출되는 건 싫을 것이다. 게다가 본인은 바라지도 않았는데 누군가가 자기를 구하러 오는 것도 민폐고 말이지.

“계약서의 마력을 통해 추측해 보건대, 코르크스노우는 아직 던전 내부에 살아 있다. 내가 길을 안내하도록 하지.”

“굉장하잖아, 가 씨!”

나는 나도 모르게 가 씨를 껴안고 말았다. 석상의 서늘한 감촉이 전해져 왔다.

“냉큼 떨어지지 못하겠느냐. 징그럽다.”

“좋았어. 지금 당장 코르크스노우 씨를 구하러 가자! 그 위치는 나도 충분히 갈 수 있는 곳이야?”

“거리만 보면 그렇게 멀진 않다. 하지만 계약서가 파손된 걸로 보아 모종의 위험에 처했을 가능성이 높다. 서둘러야 한다.”

“그러게. 서두르자.”

나는 쓸 만한 무기를 가게 안에서 골랐다. 또 다시 던전 안에 들어가야 했지만, 지금은 사태가 긴급하니 어쩔 수가 없다. 비록 상대가 악연이 있는 경쟁업자이긴 하지만, 그렇다고 해서 죽었으면 싶을 정도로 미운 사이도 아니고 말이지.

[코테츠, 나도 갈게.]

얇은 옷을 입은 아리체가 스케치북을 보였다.

"아리체, 너도 가려고? 그건 안 돼. 가게에서 기다려."

[이게 있으니까 괜찮아.]

그녀는 이제 막 벗은 갈라텐 군 아머의 복부를 두드렸다.

[그리고 인원은 많으면 많을수록 좋아. 실종자가 코르크스노우 씨만 있는 것도 아니고. 준비는 많을수록 좋아.]

저번에 골렘의 신체를 가지고 올 때 썼던 수레가 가게 앞에 세워져 있었다.

그렇군. 여기에다 자재를 싣고 가져다주는 게 좋겠군. 상대가 지금 어떤 상황에 놓여 있는지 알 수 없는 만큼 철저한 준비를 마친 뒤에 가야 한다.

"알았어. 그럼 움직일 수 있는 사람을 모조리 긁어모아 볼게."

나는 양손 검을 짊어지고서, 한가해 보이는 상업 길드 쪽 사람들에게 자초지종을 설명했다.

가 씨가 말한 대로 코르크스노우 씨는 그리 멀지 않은 곳에 있었다. 지금껏 모험자가 공략한 지역의 딱 최전선쯤에 해당하는 곳이었다.

그럼 왜 지금까지 발견하지 못했는가 하면, 거기까지 가는 길을 찾을 수 없었기 때문이다. 거리상으로는 가까워도 거기에 다다르려면 미궁을 빙 돌아서 가야 한다. 발견이 늦어진 건 그 때문인 것 같았다.

하지만 우리도 거기까지 가는 길을 찾지는 못했다.

"가 씨, 정말 이 벽 너머에 코르크스노우 씨랑 다른 사람들이 있단 말이야?"

"틀림없다. 신호는 거기에서 나오고 있으니까."

짐차에 실린 가 씨가 자신만만하게 대답했다.

내 앞에 있는 건 길이 아니다. 벽이다.

지도와 대조해 보니, 이 벽 너머는 아직 그 누구도 다다르지 않은 지역이었다. 겨우 벽 하나를 넘는 데 기나긴 미궁을 거쳐야 했다.

하지만 지금은 그런 번거로운 수단을 취할 여유가 없었다.

"그럼, 부탁드립니다!"

"그래!"

갈라텐 군 아머를 입은 상업 길드 사람들이 손에 들고 있는 건 곡괭이였다.

그것도 아리체가 만든 최강의 곡괭이다. 참고로 지금 이 순간을 위해 만든 건 아니고, 그냥 가게에 놓여 있는 인기 상품을 가져왔을 뿐이다. 이 곡괭이가 있으면 미지의 소재로 만들어진 유적조차 손쉽게 조사할 수 있다.

나도 곡괭이를 들고 벽을 팠다.

던전 벽에다 구멍을 내는 행위는 원래 아무도 하지 않는 짓이다. 반대편이 어디와 통해 있을지도 알 수 없는데다, 애초에 반대편이 나온다는 보장도 없으니까 말이다.

하지만 지금은 가 씨가 이 벽 너머에 코르크스노우가 있다고 했다. 그 말에 따르면 이 벽은 분명 금세 뚫릴 것이다.

이윽고 얼마 지나지 않아 어두컴컴한 구멍 너머로 빛이 보였다.

"해냈다!"

상업 길드 사람들이 환호성을 질렀다.

구멍 반대편은 역시나 던전이었다. 하지만 분위기는 사뭇 달랐다.

층이 위아래로 나뉜 이 던전에서 여기만 마치 도너츠의 구멍처럼 천장이 뻥 뚫린 복층 구조로 되어 있었다. 하늘을 올려다보니 햇빛이 들어왔다. 마치 여기만 외따로 떨어진 듯한 공간이었다.

그리고 그 공간 중심에 쇼핑몰이 있었다.

요새를 개조해서 만든 쇼핑몰은 처참한 몰골로 남아 있었다. 마치 폭파라도 당한 것처럼 일부가 붕괴하여 쇼핑몰 내부가 그대로 드러났다.

요새 외벽에는 불에 그을린 흔적과 뭔가 독 같은 것에 부식된 흔적이 남아 있었다. 그리고 외벽에서 시선을 아래로 떨어뜨리니——.

"아니, 습격당하고 있잖아!"

다수의 마물이 레온몰 입구 부근에 모여 있는 모습이 눈에 들어왔다.

이 숲에 서식하는 짐승 계열 마물과는 달리, 움직이는 갑옷처럼 생긴 마물과 연체동물처럼 생긴 마물이 일제히 쇼핑몰 입구를 부수려 하고 있었다.

그리고 입구에는 책상과 의자와 무기를 섞어 만든 바리케이드가 있었고, 그 사이사이로 창이 비죽 튀어나와 있었다. 그리고 요새 옥상에서는 몇몇 궁수가 화살을 쏘아 대는 중이었다.

그리고 그 궁수가 이쪽으로 시선을 돌리더니,

"아앗! 사람이다! 구조대가 왔다!"

커다랗게 팔을 흔들며 자신의 존재를 어필했다. 다행이군. 아직 멀쩡해 보였다.

"좋~았어, 가자!"

누군가의 말을 시작으로 갈라텐 군 아머를 입은 전투원들이 일제히 마물들을 향해 달려들었다. 우리 가게의 무기를 든 갈라텐 군은 쇼핑몰을 습격 중인 마물을 썩둑썩둑 베어 넘겼다.

수생 생물처럼 생긴 마물에서 튄 피를 맞은 갈라텐 군이 우렁찬 외침과 함께 마물을 쓰러뜨려 나가는 광경을 보고 있으니 대체 누가 인간의 편인지 알 수 없을 지경이었다.

"좋았어, 나도 갈게! 아리체랑 가 씨는 여기서 기다려!"

[조심해, 코테츠!]

아리체가 힘찬 글씨체로 스케치북에다 그렇게 적으며 응원했다. 나는 고개를 끄덕이며 양손 검을 휘둘렀다.

다행히도 쇼핑몰을 습격하는 마물은 그리 강하지 않았다. 하지만 숫자 하나는 무진장 많았다. 쓰러뜨리고 쓰러뜨려도 끝이 보이지 않았다.

"비켜어어어어어어어엇!"

마물 대부분은 입구에 몰려 있지만, 그중에는 붕괴한 벽을 통해 내부로 침투하려고 시도하는 놈들도 있었다. 입구는 갈라텐 군 부대에게 맡기고, 나는 다른 입구를 노리는 놈들을 베어 나갔다.

갈라텐 군 아머는 강력하지만 나랑은 맞지 않았다. 아무래도 인형 옷인지라 잽싸게 움직이기 힘들기 때문이다. 내가 검의 성능을 십분 발휘하려면 맨몸으로 싸우는 게 나았다.

"코테츠 군!"

위쪽에서 내 이름을 부르는 목소리가 들려왔다.

누가 날 불렀나 싶어서 확인해 보니 옥상 위에 코르크스노우가 있었다. 그도 전투에 참여하는 중인지 석궁을 마물에게 겨누어 화살을 쏘아 댔다.

"이놈들 금방 정리할 테니 조금만 기다려 봐요!"

"거참 믿음직스럽군! 여보게들, 이제 살았어! 렌탈 무기점 코테츠가 왔으니 이제 안심해!"

코르크스노우가 종업원에게 소리쳤다. 그 직후에 쇼핑몰 안에서 엄청난 환호성이 일었다. 내가 그렇게까지 대단한 사람은 아니지만, 그래도 이곳을 구할 만한 힘은 있다.

나는 양손 검을 단단히 쥐고서 눈앞의 마물을 베어 갈랐다. 연체동물의 몸을 두 동강 내고 그 뒤에 있던 골렘의 몸통도 베어 갈랐다. 그리고 다시 그 뒤쪽에 있는, 몇 겹으로 포개진 천처럼 생긴 마물을 베었다.

마물들도 나를 위협적이라고 여긴 모양인지, 쇼핑몰을 공격하던 모든 마물이 나에게 우르르 달려들었다.

그래, 날 노려. 이 이상 쇼핑몰에 손끝 하나 못 대게 할 테니.

"우오오오오오오오오오오옷!"

나는 나를 향해 달려오는 마물을 모조리 베어 쓰러뜨렸다. 동물처럼 생긴 마물보다는 생물인지조차 미심쩍은 형태의 마물이 더 많았다. 때문에 벤다는 느낌보다는 박살 낸다는 느낌이 더 강하게 들었다.

"으윽…… 코테츠!"

저 멀리서 나를 부르는 소리가 들렸다.

그쪽으로 고개를 돌리자, 아리체와 가 씨가 마물의 습격을 받고 있었다.

쇼핑몰을 습격하던 마물이 아니었다. 우리가 벽에다 낸 구멍을 통해, 그러니까 우리가 왔던 길을 통해 다른 마물이 들어온 모양이었다.

가 씨가 눈에서 광선 같은 것을 내뿜어 그중 일부 마물들에 맞섰다. 광선에 닿은 마물은 삽시간에 불타오르더니 재 하나 남기지 않고 몽땅 타 버렸다.

이건 나도 처음 보는 광경이긴 했는데, 역시나 가 씨는 강하단 말이지……

"코테츠! 도와다오!"

하지만 반면에 아리체는 고전하는 중이었다. 가 씨가 싸우는 동안 아리체의 갑옷에 달라붙는 마물이 있었다. 가 씨가 마음만 먹으면 저 정도 마물은 모조리 다 날려 버릴 수 있을 테지만, 그랬다간 아리체가 다칠 우려가 있다.

"기다려, 지금 당장 갈게!"

내가 곧장 돌아가려고 했을 때였다.

"……?!"

아리체에게 달라붙어 있던 촉수처럼 생긴 마물이 삽시간에 숯덩이가 되었다. 반면에 갈라텐 군 아머는 멀쩡했다. 그리고 그녀에게 다가가던 다른 마물도 마치 벼락이라도 맞은 것처럼 경련을 일으키더니 이내 타오르기 시작하는 게 아닌가.

"가 씨……?"

"아니, 내가 한 게 아니다……!"

깜짝 놀라는 가 씨의 주위에 있던 마물들도 모조리 벼락에 맞아 타오르기 시작했다.

던전 안에서 웬 벼락이지?

내가 고개를 갸웃거리고 있을 때였다. 벼락을 날린 장본인이 모습을 드러냈다.

마물이 들어온 벽 구멍에서 한 남자가 서서히 걸어 나왔다.

모험자──인가?

하지만 그런 것치고는 갑옷을 입지 않았고 무기조차 소유하고 있지 않았다.

나이는 20대 내지는 30대 정도로 보였다.

키가 굉장히 컸고, 머리카락은 몸통을 뒤덮을 만큼 길게 늘어뜨렸다.

체격은 알 수 없었다. 왜냐하면 망토로 온몸을 가리고 있었기 때문이다. 그는 모래나 먼지를 막을 용도로 쓰는 망토 안에, 입가를 가리듯 머플러를 휘감고 있었다. 마치 온몸을 무언가로부터 지키려는 것 같은 복장이었다. 망토 밑에는 갑옷 대신 모험자가 자주 쓰는 가죽 옷을 입고 있었다.

머리색은 특이했다. 끝으로 갈수록 붉은색이었고 머리 쪽으로 갈수록 흰색이었다. 나로서는 난생처음 보는 머리색이었다. 아마도 먼 이국 태생이 아닐까 싶었다.

그리고 겉모습 외에도 그가 얼마나 강력한지 알 수 있었다.

현재 그는 별다른 전투태세를 취하고 있지 않았다. 하지만 나는 알 수 있었다. 그에게 빈틈이라고는 전혀 없었다. 섣불리 공격했다간 오히려 이쪽이 살해당하고 말겠지.

대체 어떤 식으로 죽이려들지는 상상조차 되지 않았다. 아마 번개 속성 무기라도 지니고 있지 않을까 싶었는데——.

"오, 오옷! 놈들이 물러난다!"

쇼핑몰에서 들려오는 목소리에 고개를 돌렸다.

아직 절반 정도밖에 쓰러뜨리지 못한 마물들이 미궁 안쪽으로 도망쳐 가는 게 아닌가. 놈들은 떠난 자리에 남은 시체는 눈길도 주지 않고 황급히 사라졌다.

마치 사전에 시간이라도 정해 놓은 것 같은 움직임이었다. 아니면—— 도망쳐야 할 이유라도 있는 걸까?

나는 다시 한번 그 번개 남자 쪽으로 고개를 돌렸다.

그는 아리체 앞에 서 있었다.

"아…….'

감정이 느껴지지 않는 얼굴이 아리체를 내려다보았다.

그 흐리멍덩한 눈에 살기 비슷한 것을 느낀 나는 서둘러 아리체 쪽으로 달려갔다.

"이봐, 거기 당신!"

내가 큰 소리로 외쳤지만 적백의 머리를 가진 그 모험자는 무시했다.

아리체가 스케치북에 무언가를 적으려고 했지만 아까 마물의 공격을 받아 찢어진 모양이었다. 그래서 몸짓 손짓으로 감사의 뜻을 표하려고 애썼다. 하지만 갈라텐 군을 뒤집어쓴 상태에서는 힘들었다.

그렇기에,

"가, 감사합니다…….'

말로 감사를 표하며 고개를 꾸벅 숙였다.

그러자 모험자는 자그맣게 고개를 끄덕이고는 아리체의 머리 위에 손을 올렸다.

그러고는 망토를 펄럭이며 다시 구멍 속으로 사라져 버렸다. 나도 따라가서 감사의 뜻을 전하고 싶었지만 이미 그는 미궁으로 돌아간 뒤였다.

"저 사람은 대체 정체가 뭐지……?"

가 씨에게도 힘든 절묘한 힘 조절을 선보이며 번개의 힘으로 마물을 쓰러뜨렸다. 우리 가게 상품을 쓴 건 아닌 모양인데, 대체 무슨 무기를 쓴 건지 몹시 궁금했다.

"와아──! 코테츠 군──!"

레온몰의 바리케이드가 무너지는 소리가 났다. 쇼핑몰 사람들이 안에서 스스로 부수고 나온 모양이었다.

이윽고 입구에서 데굴데굴 구르듯 튀어나온 사람은 코르크스노우였다. 피로 때문에 안색이 수척해 보이는 와중에도 옷차림은 말끔했다. 자세히 보니 안색만 좀 좋지 않아 보일 뿐이지 건강에는 별 문제가 없어 보였다.

"사, 살았다……. 정말로 살았어."

"괜찮으세요? 가게 사람들은요?"

"그래, 다들 무사해."

"다들 무사하다고요?! 그건 그거대로 또 놀랍네요……."

갈라텐 군들이 종업원들을 구출했다. 시장에서 일하는 사람, 공장에서 일하는 할머니, 그리고 비키니 아머를 입은 행사 도우미까지. 다들 눈물을 흘리며 생존한 걸 기뻐하는 모습이었다.

"식량이 충분해서 구조가 올 때까지 가만히 기다리고 있었지. 마물에게 발각되었을 때가 위기였지만, 다행히 쇼핑몰엔 무기점도 있으니까 말이지."

"요새로서의 기능도 아직 남아 있었나 보네요……."

역시 최강의 쇼핑몰다웠다. 일반 건물이었다면 진작에 무너져 내렸을 것이다.

"자, 얼른 여기서 내보내 줄래? 간만에 바깥 공기 좀 쐬고 싶거든."

"그러죠. 그럼 절 따라오세요."

다른 갈라텐 군들이 종업원들을 안내했다. 굶주리거나 다친 사람은 한 명도 없었기에 우울한 분위기는 전혀 없었다.

"아리체, 가 씨. 우리도 이만 돌아가자."

난 두 사람에게 말을 걸었다.

하지만 아리체는 아까 그 모험자가 사라진 구멍 쪽을 계속 쳐다보고 있었다.

"왜 그래, 아리체?"

"……!"

아무래도 아리체는 나에게 무언가를 전하고 싶은 기색이었다.

하지만 스케치북이 찢어진 바람에 의사소통이 불가능했다.

"아까 구해 준 사람 때문에 그래?"

아리체가 고개를 끄덕였다.

"그럼 일단 여기서 나가고 난 다음에 다시 얘기하자. 너도 피곤하지?"

"…………."

그렇게 말하자, 아리체는 아쉽다는 듯이 고개를 끄덕였다.

지금은 레온몰 사람들이 무사했다는 사실을 기뻐하도록 하자.

──이때의 나는 단순히 그렇게 생각하고 있었다.

레온몰 사람들을 구출하고 나자 던전의 양상은 또 한 번 바뀌었다.

일단 종업원은 다들 무사했지만, 마물을 격퇴하기 위해 요새화한 쇼핑몰은 큰 손상을 입었었기에 더 이상 장사를 계속할 상황이 아니었다.

애당초 던전 한복판에 있는 쇼핑몰에 굳이 물건을 사러 오는 손님들은 거의 없겠지만 말이다.

코르크스노우를 비롯해 종업원들도 일하는 데 애로사항이 많았다.

그래서 이참에 상업 길드가 쇼핑몰을 빌리기로 했다.

이런 상황에서도, 아니, 오히려 이런 상황이기에 빈 점포를 빌리고자 나서는 상인이 있는 법이다. 물론 우리 가게도 그러했지만 말이다.

지금 이곳에는 우리 가게를 비롯한 무기점 외에도, 도구점, 식료품점, 가공점, 병원 등—— 던전 탐색에 필요한 가게들이 늘어서 있었다.

특히나 인기가 많은 곳은 숙박소였다. 지금까지는 던전 앞에 있는 간이 숙박소에서 머무르며 아침부터 밤까지 던전을 탐색하고 다시 숙박소로 돌아오는 게 모험자의 일과였는데, 던전 안에 숙박소가 있으면 계속해서 던전 안에 머무를 수 있다.

이리하여 '던전 내부 상점가'가 형성되었다.

"어디 보자, 여긴 검을 놓고…… 아, 근데 그러면 갑옷을 놔둘 공간이 마땅찮네."

솔직히 말해서, 나는 지점이 늘어나는 바람에 난처했다.

왜냐하면 우리 가게 종업원은 나, 아리체, 가 씨, 에란티, 릴, 이렇게 다섯 명밖에 없기 때문이다. 지점이 늘면 그만큼 인원을 더 할애해야 한다. 게다가 현재 에란티는 상업 길드 쪽 일을 거드는 경우가 많다.

다행히도 지금은 본점을 방문하는 손님이 적은 편이다. 거의 대부분의 손님이 던전 앞 또는 내부 상점가를 이용하기 때문에 아리체 혼자 본점을 맡아도 문제는 없었다.

현재 나는 던전 내부 상점가에 물건을 옮기느라 한창 바쁜 참이었다.

우리 가게에 할당된 공간은 쇼핑몰 2층이다. 원래 무기점이 있던 곳이다. 그러고 보니 예전에 여기서 코르크스노우에게 불만을 토로한 적도 있었지.

그리고, 릴을 알몸으로 만들었던 곳도 여기 점포였던가…….

엄청 힘들긴 하지만, 그래도 매상을 올리기 위해 더 분발할 수밖에.

"이봐, 가 씨! 나 좀 거들어!"

가 씨는 조금 전부터 가게 밖을 바라보는 중이었다.

"으음……!"

"너무 그렇게까지 갈라텐 군에게 경쟁의식을 가질 필요는 없다니까?"

"그건 그렇지만, 저 인형 옷이 저번보다 훨씬 늘었잖은가."

"그야 당연하지. 지금도 아리체가 계속해서 만들어 내고 있으니까."

요즘은 모험자들도 갈라텐 군 아머를 가지고 싶다며 우리 가게로 몰려오곤 했다. 그 알바생이 정말로 사람들에게 홍보해 주었나 보다. 하지만 갈라텐 군 아머는 상업 길드의 유니폼으로 사용 중인 만큼, 아리체는 다른 버전의 인형 옷을 만들었다.

그래서 지금 이 상점가에는 갈라텐 군이 우글거렸다.

렌탈 무기점을 운영하면서 알게 된 사실인데, 모험자라는 직업은 겉모습을 크게 신경 쓰지 않는다. 겉모습에 연연하다가 죽는 것보다, 모습은 추레해도 임무를 끝까지 완수하는 것이 더 우수한 모험자라는 풍조가 있기 때문이다.

때문에 실력이 상당한 모험자들도 갈라텐 군 아머의 방어력을 알고 나면 모두 렌탈해 갔다. 수염과 근육으로 뒤덮인 강인한 모험자들이 웃는 얼굴로 갈라텐 군 아머를 입는 모습은 엄청난 위화감을 자아냈다.

"어엉? 이 자식이 지금 내 방침에 토를 달겠다는 거야 뭐야!"

"이 자식이 뭐가 어쩌고 어째?!"

"야 거기! 상점가에서 싸우지 마!"

지금도 쇼핑몰 거리에서 갈라텐 군 사이에서 일어난 싸움을 또 다른 갈라텐 군이 말리는 모습이었다. 대체 무슨 착각을 한 건지, 그 광경을 보던 여성 모험자가 '귀여워~.'라고 말하며 함박 미소를 지었다. 까딱 잘못했다간 유혈 사태가 일어날지도 모르는 상황인데 말이다.

"으으…… 그 레어 몬스터 녀석, 사람들의 인기를 독차지하다니."

가 씨도 대체 무엇에다 경쟁의식을 불태우는 건지, 그 두 눈에서 분노의 불꽃이 이글거렸다.

"걱정 말래도. 앞으로는 가 씨의 인기도 늘어날 거라고."

"근거 없는 위로는 됐다."

"근거가 없긴 왜 없어. 가 씨의 활약 덕분에 이 레온몰을 구한 거잖아. 그 공적은 상업 길드 쪽에도 널리 알려졌다고."

가 씨의 회원증이 없었다면 코르크스노우와 종업원들은 지금도 이 쇼핑몰에 갇혀 있었을 테지. 우리가 조금이라도 늦게 도착했다면 마물에게 몰살당했을지도 모를 일이다.

"앗, 찾았다!"

마치 내 주장을 뒷받침하듯 누군가가 이쪽으로 달려왔다.

길드장과 코르크스노우였다.

"여어, 코테츠 군, 가 씨! 저번에는 정말로 고마웠어!"

이젠 완전히 회복한 모양인지 코르크스노우는 안색도 표정도 좋아 보였다. 그가 길드장에게 재촉했다.

"실은 코르크스노우 군에게 의뢰를 받고 이걸 만들었다네."

"내 자그마한 성의의 표시야. 꼭 좀 받아 줬으면 싶은데."

그렇게 말하며 두 사람이 건넨 건 가 씨의 석상이었다.

아니, 정확하게 말하자면 그건 가 씨를 본뜬 미니어처 크기의 석상이었다.

"이건, 나를 본뜬 건가⋯⋯?"

받고 보니 석상이라 제법 무거웠다. 크기는 딱 양팔로 끌어안을 수 있을 정도라 인테리어로 놓으면 딱 맞을 것 같았다.

그리고 그 석상 받침대 부분에는 이런 글자가 적혀 있었다.

"어디 보자⋯⋯ '가 씨는 미궁의 수호자입니다. 이걸 집에 놓아두기만 해도 여행운, 금전운, 연애운 등, 행운을 가져다주는 효과가 있을 겁니다' 라는데?"

"그대들은 날 어쩌려는 건가?"

"아니, 그래도 지켜 준 건 분명한 사실이잖아! 신의 영험한 효과가 있지 않을까~ 싶어서 어제부터 팔기 시작해 봤지."

"날, 팔겠다고⋯⋯?"

가 씨는 신이 아니라 여신이 만든 무기의 일종인데⋯⋯ 으~음, 엄밀히 말하자면 신의 일부라고도 볼 수 있으려나⋯⋯.

내가 속으로 그런 생각을 하고 있을 때였다.

"앗, 진짜 가 씨잖아!"

이미 가 씨의 장식품을 아는 것으로 보이는 여성 모험자들이 우르르 몰려왔다. 그러고는 진짜 가 씨의 머리를 쓰다듬고는 흐뭇한 표정을 지었다.

"꺄~악! 귀여워!"

"역시 실물은 확실히 달라! 이러면 내 행운도 올라가려나?"

모험자들은 가 씨를 둘러싸고 즐거운 기색으로 왁자지껄 떠들어 댔다.

"틀림없다. 그대들은 필시 훌륭한 성과를 얻을 테지."

가 씨가 들뜬 목소리로 답했다.

아, 역시 기쁜가 보네.

들뜬 사람은 가 씨뿐만이 아니었다.

그동안 던전 안 상점가의 체제를 정비하고자 쇼핑몰 주위에도 여러모로 손을 보았다.

먼저, 구출 작전 때 뚫었던 구멍을 더 넓혀 길을 냈다.

던전을 공략하는 방법치고는 꼼수에 가까울지도 모른다. 하지만 우리가 신경 쓸 바는 아니었다. 우리는 한시라도 빨리 이 던전을 없애고 싶으니까 말이다.

모험자들이 신속하게 던전을 공략할 수 있도록 미궁 그 자체에도 손을 댔다. 지도와 대조해 가며 명백하게 아무것도 없고 막다른 곳으로 이어지는 길을 막고, 올바른 코스에는 표지판을 세웠으며, 지름길로 쓸 수 있을 것 같은 벽은 닥치는 대로 무너뜨렸다.

던전에 서식하는 마물들이 길길이 날뛰며 공격했지만, 갈라텐 군 아머를 입은 작업자들에게는 당해 낼 수 없었다.

그렇게 상업 길드가 노력한 결과, 놀랍게도 초짜 모험자라도 던전에 들어와 1시간 정도만 걸으면 레온몰에 다다를 수 있었다.

이 소식을 듣고 가장 기뻐한 건 역시나 상업 길드 쪽 사람들이었다.

던전의 소재에 관심이 많지만, 그렇다고 모험자로 나설 수는 없는── 그런 장인들이 우르르 몰려와 쇼핑몰에 가게를 열고 이제 막 입수한 소재를 사용해 상품을 만들어 팔기 시작했다.

가게에 새로운 상품이 놓이자 모험자들이 그것을 노리고 몰려들었다.

수요와 공급이 나란히 상승하며 현재 레온몰은 파니츠 왕국에서 가장 잘나가는 상업가로 탈바꿈했다.

그렇게 되자 더 많은 사람이 몰려들었다.

모험자 외의 사람들도 새로운 상품을 구매하러 던전에 들어갈 것이라 여기고, 그런 사람들을 호위하기 위한 용병 일도 생겨났다. 그리고 그런 사람들을 상대로 나쁜 짓을 저지르는 자도 생겼다.

다양한 직업을 가진 사람들이 쇼핑몰에 모여들었고, 현재 던전 내부는 거의 축제 분위기나 다름없었다.

"자아, 어서 옵쇼! 이 던전에서 잡은 생선 꼬치구이입니다!"

쇼핑몰 중앙 통로에는 던전 앞 상점가처럼 노점들이 들어섰다. 점포를 빌리지 못한 사람들이 모여 소규모 노점을 연 것이다.

[굉장해. 정말로 축제 같아.]

아리체가 고개를 두리번거리며 늘어선 노점을 둘러보았다.

[저 장식 때문일까?]

"그럴지도 모르지. 바깥과는 달리 쇼핑몰 내부에서는 좀 더 다양한 걸 할 수 있으니까."

아리체가 손가락으로 가리킨 건 노점들이 늘어선 위쪽 벽이었다. 그곳은 발광 버섯과 색종이 등으로 화려하게 장식되어 있었다.

"아리체, 뭐 먹고 싶은 거라도 있어?"

[전부 다!]

의외로 아리체도 먹성이 좋단 말이지.

천계에서는 볼 수 없는 음식들만 잔뜩 있으니 호기심이 동하기도 할 것이다. 뭐, 나도 에란티도 릴도 남 말 할 처지는 아니니 잘됐지만 말이다.

"노점에서 파는 음식이 다 떨어질 염려는 하지 않아도 돼. 일단 몇 개 사서 다 같이 먹어 볼까?"

그런 얘기를 나누던 바로 그때였다.

"코테츠! 부탁할 일이 있어!"

나를 찾고 있었는지 에란티가 팔을 흔들며 이쪽으로 달려왔다.

"또 일이야?"

"편하게 부탁할 수 있는 강한 사람이 너 말곤 없거든."

그렇다는 말은, 또 싸우게 될지도 모른다는 건가.

"안쪽에서 도우미 역할을 맡은 갈라텐 군 전투 부대가 돌아올 시간이 됐는데도 아직 돌아오지 않았어. 그러니 상황을 확인해 주지 않을래?"

갈라텐 군 전투 부대는 모험자 알바생으로 구성되어 있다. 그리 호락호락하게 당할 부대가 아닌데 제시간에 돌아오지 않았다는 말은——.

"계속 이런 부탁해서 미안해~."

"괜찮아. 다른 사람도 아니고 네가 하는 부탁인데 어떻게 거절하겠어?"

"……나 참. 넌 그런 얘길 진짜 아무렇지 않게 한다니까."

에란티가 얼굴을 붉히며 쑥스러워했다.

나는 이 쇼핑몰을 지금처럼 붐비는 곳으로 만들어 준 에란티에게 큰 은혜를 입었다. 그런 그녀가 한 부탁을 무턱대고 거절할 수는 없는 노릇이다.

"아리체, 일이 이렇게 됐으니 적당히 아무거나 사서 다 같이 나눠 먹고 있어. 내 몫도 남겨 주고."

[조심해, 코테츠.]

"잘 부탁해, 코테츠!"

나는 아리체와 에란티의 성원을 받으며 몸을 풀었다.

현재 우리는 렌탈 무기점 종업원이면서 던전 내부 상점가의 일원이기도 하다.

동료를 못 본 척할 수는 없다.

뭐, 동료가 아닌 일반인이라 해도 못 본 척하지는 않겠지만 말이다.

지도에 따르면 던전 입구는 남쪽에 나 있고, 그곳을 중심으로 서서히 북쪽으로 공략해 나가는 형세였다. 레온몰은 그 중심 부분에 자리했다.

위아래로 계층이 나뉜 지역도 있지만, 일반적으로 북쪽으로 가면 갈수록 위험하다는 것이 모험자들 사이에서는 정설로 통했다.

그 소문의 진위가 어떻든 간에, 사라진 갈라텐 군 전투 부대가 향한 방향은 레온몰에서 북쪽이라고 한다. 부상당한 모험자를 구출하는 임무를 맡은 만큼 상당한 실력을 자랑하는 알바생들로 구성되어 있을 텐데――.

"우리가 이런 실수를 저지르다니 말이야. 이거 참으로 면목이 없구먼!"

갈라텐 군 전투 부대가 자조하듯 웃었다.

그리 별일은 아니었다. 갈라텐 군 전투 부대가 함정에 걸려들어 거대한 구덩이에 빠졌는데 거기에서 미처 올라오지 못했던 것이다.

내가 던진 로프를 당기며 올라오는 갈라텐 군들의 밑에는 모험자를 꿰뚫어 죽이기 위해 바닥에 설치된 가시들이 휘어지고 구부러져 있었다. 정말이지 굉장한 방어력이었다.

구덩이에서 다 끌어 올리면 이제 내가 할 일은 다한 셈이다.

"어이쿠! 덕분에 살았구나, 꼬맹아!"

"도움을 받은 만큼 마물 놈들을 박살 내고 말겠어!"

어린아이가 들으면 기겁하며 울 만큼 낮게 깔린 목소리로 갈라텐 군 부대가 나에게 감사를 표했다. 푹신푹신한 인형 옷 안에 대체 어떤 남자들이 들어가 있을지는 상상도 하지 않는 게 정신 건강에 이로울 테지.

자, 구출 작업이 끝났으니 냉큼 돌아가기로 할까. 마침 나도 배가 고픈 참이라 쇼핑몰 노점에서 팔던 꼬치구이라도 먹을까 싶었다.

이제는 완전히 익숙해진 던전 안을 똑바로 나아갔다.

이쯤 되니 던전이라기보다는 성의 회랑을 나아가는 듯한 느낌이 들었다. 벽과 바닥은 원래부터 깔끔하게 정비되어 있었고, 에란티가 개발한 항상 빛을 발하는 램프가 곳곳에 설치되어 있어서 한결 편하게 걸을 수 있었다.

게다가 벽에는 모험자들이 이런저런 낙서를 해 놓았다. 그중에는 웃긴 내용도 있고 외설적인 내용도 있었다. 가끔은 누군가를 험담하는 내용도 볼 수 있어서 보는 재미가 쏠쏠했다.

"역시 밝은 게 중요해."

앞이 보이지 않는 불안감은 어디에나 있는 법이다. 한밤중의 숲속이나 망망대해 등등.

하지만 그곳을 비추는 무언가가 있기만 해도 정신적으로 여유를 가질 수 있다.

게다가 이 던전의 마물은 밝은 곳을 싫어하는 모양인지, 조명이 많은 곳엔 거의 출몰하지 않는다는 보고도 올라와 있다.

하지만, 그렇다고 해서 마물의 존재 자체가 사라진 건 아니다.

"음⋯⋯?"

방금 무슨 소리가 들렸다.

비명 소리?

"이쪽인가!"

나는 등에 짊어진 양손 검을 언제든지 뺄 수 있도록 대비한 뒤, 비명 소리가 난 쪽을 향해 달렸다. 이 일대의 지리는 이미 머릿속에 들어가 있었다. 목소리가 들린 지점으로 가는 데 다른 곳으로 우회할 필요는 없었다.

반들반들한 돌로 이루어진 벽에 손을 대고 그 기세를 실어 방향을 전환했다. 나는 그렇게 모퉁이를 돌아 똑바로 나아갔다. 돌벽으로 이루어진 에어리어에서 거대한 문을 지나자, 풀 벽으로 이루어진 에어리어가 펼쳐졌다.

그곳에서 누군가가 싸우고 있었다.

"으응??"

뭐야, 이거?

싸우고는 있는데——.

거대한 다람쥐처럼 생긴 마물이 뱀처럼 생긴 마물에게 습격을 받는 중이었다.

다람쥐 쪽은 알고 있었다. 저건 자이언트 스퀴럴이라 불리는 마물로, 원래 이곳이 숲이었던 시절부터 서식하던 마물이다. 툭하면 밭을 어지럽히곤 했기에 토벌 대상으로 지목되는 경우도 있지만, 그렇게까지 해로운 마물은 아니다.

그에 반해 뱀은 이 던전에서 나타난 마물이다. 머리가 네 개 달려 있고, 각각의 엄니에서 서로 다른 독액을 내뿜는다. 생김새 그대로 '포 헤드 스네이크'라고 불리는 마물이다.

그 뱀이 내뿜는 마비독 때문에 자이언트 스퀴럴은 옴짝달싹도 할 수 없는 상태로 보였다. 이대로 잡아먹으려는 걸까.

마물도 동물과 마찬가지로 각자의 영역이 있다.

아무래도 어느 한쪽이 영역을 침범한 모양인데, 굳이 따지자면 스쿼럴 쪽이 피해자가 아닐까 싶었다. 코르크스노우의 경우처럼 인간들뿐만 아니라 원래 이 숲에 살던 마물들도 피해를 보고 있는 것이다.

거기에까지 생각이 미치자 나는 자연스럽게 검을 뽑았다.

"그만둬!"

나는 뱀을 향해 참격을 날렸다.

내 발소리를 들었는지 뱀의 얼굴 중 하나가 내 쪽으로 방향을 틀었다. 그러고는 커다랗게 목을 쳐들고는 입에서 보라색 독액을 날려 댔다.

저게 조금이라도 몸에 닿으면 바로 사망이다. 나는 옆으로 뛰어 벽을 박찬 뒤, 그 반동을 이용해 몸을 날렸다.

그러고는 단단한 피부와 뼈를 가르고 뱀의 목을 날려 버렸다.

하지만 아직 머리는 세 개가 더 남아 있었다. 이번엔 모든 머리가 나를 노리며 독액을 토해 냈다.

"큭!"

피하려고 했지만 그럴 틈이 없었다. 양손 검의 칼날로 그 독액을 막아 냈다.

검으로 미처 막아 내지 못한 독액이 내 발치에 떨어지자, 치지직 하는 소리와 함께 연기가 피어올랐다. 제아무리 던전의 바닥조차 녹이는 액체라 할지라도 아리체가 만든 무기는 녹이지 못했다.

놈이 재차 독액을 내뿜기 전에 쓰러뜨려야 한다.

그럴 작정으로 검을 내질렀는데——.

"소년! 물러나!"

"?!"

날카로우면서 좌중을 압도하는 듯한 목소리였다.

나는 그 말에 따라 곧장 몸을 뒤로 날렸다.

그리고 그와 동시에 뱀의 몸통이 터져 버렸다. 마치 몸 안에 폭약이라도 설치해 놓은 것처럼 순식간에 말이다.

누가 마법이라도 쓴 걸까.

저 뱀에 손을 댄 사람은 아무도 없었을 텐데……?

뒤를 돌아보자, 웬 사람이 서 있었다.

적백의 긴 머리카락이 눈에 들어왔다.

망토와 머플러로 온몸을 감싼 키가 큰 남자였다.

그는—— 저번에 아리체를 구해 주었던 바로 그 모험자였다.

이 사람이 그 뱀을 폭발시켜 버린 걸까.

왜 이런 곳에 있는 거지……?

"소년——."

남자가 나를 쳐다보았다.

그 표정에는 분노도 친밀감도 없었다. 남자는 그저 '눈앞에 내가 있다'는 정도로만 여기고 있을 뿐, 나를 공격할 의사는 보이지 않았다. 그냥 지나가다가 우연히 나와 마주쳤다는 듯한 태도였다.

나를 조금도 경계하지 않는 모습이었다.

"넌, 이 아이를 도와주려고 했던 건가?"

그가 보고 있는 건 자이언트 스퀴럴이었다. 뱀이 내뿜은 독에 당한 탓에 몸을 일으키고 싶어도 일으키지 못하는 모양이었다.

모험자가 그 거대한 다람쥐에 손을 얹자 놀라운 일이 일어났다. 다람쥐가 몸을 일으키더니 그를 흘끗 쳐다본 뒤에 홀연히 물러나는 것이 아닌가. 마치 애초부터 독은 없었다는 듯이 말이다.

이것도 이 사람의 능력인가. 대체 얼마나 많은 능력을 가지고 있는 걸까.

"이걸로 됐다. 그럼, 이만."

다람쥐를 도와준 그는 더 이상 볼일은 없다는 듯이 나에게 신사적으로 인사를 건네고는 떠나려고 했다.

"자, 잠깐만요!"

내가 뒤에서 그를 불렀다.

저번에 그 일이 있은 후, 새로운 스케치북을 입수한 아리체가 나에게 가르쳐 준 사실이 있다.

그의—— 저 녀석의 정체를 말이다.

"……네가, 정말로 '붉은 털의 갈라틴'이냐?"

그가 발걸음을 멈추었다.

나와 아리체의 보물을 훔친 레어 몬스터.

온갖 매직 아이템을 삼키고 그 힘을 구사하는 사족 보행 마수.

그 누구도 녀석을 사냥하지 못했기에 포상금이 무려 6000만 가츠까지 뛰었다고 한다.

나도 두 차례 도전했지만 그때마다 놈을 당해 내지 못했다.

수도 없이 갈고닦은 솜씨와, 수도 없이 개량을 거듭한 아리체의 무기로도 상대할 수가 없었다. 내가 아는 한 갈라틴보다 뛰어난 궁극의 생물은 없을 것이다. 어쩌면 신조차 물어 죽일 수 있지 않을까 싶을 정도로 말이다.

녀석은 내 가보뿐만 아니라 아리체가 빼앗겼다고 하는 여신의 무기를 가지고 있다. 그녀는 그 신기를 되찾기 위해 인간계로 내려왔다.

그리고 나는, 현재 그 갈라틴과 레온몰 밖에서 밥을 먹고 있다.

나는 왜 녀석에게 그런 말을 했던 걸까.

하고 싶은 말은 잔뜩 있었다. 그런데 가장 먼저 입 밖으로 튀어나온 말이 '밥 먹었냐?' 라니.

지금껏 이성에게 작업을 건 적은 없지만, 만약 이성에게 작업을 건다 해도 그보다 좋은 멘트는 얼마든지 있지 않을까 싶었다.

근데 갈라틴 이 녀석도 참 어이가 없단 말이지.

같이 밥 먹자고 했는데 설마 진짜로 따라올 줄은 몰랐다.

그래서 어쩔 수 없이 같이 쇼핑몰까지 돌아와 노점에서 파는 꼬치구이와 볶음면, 그리고 조개 구이와 과일을 사 왔다.

쇼핑몰 내부는 축제 분위기나 다름없었지만, 쇼핑몰 바깥은 마물이 출몰할 가능성이 있기에 망을 보는 사람을 제외하면 인적이 드물었다.

햇빛이 드는 곳에서 하는 식사도 나름대로 각별한 맛이 있는 법이지.

　나와 갈라틴은 쇼핑몰 외벽에 등을 기댄 채 기묘한 분위기 속에서 식사를 들기 시작했다.

　"호오, 나에게 이걸 주는 건가?"

　갈라틴은 내가 건넨 꼬치구이를 받고는 무언가를 골똘히 생각하더니 다음과 같이 말했다.

　"나도 안다. 이럴 때 인간은 '베리 땡큐'라고 말한다지?"

　"……?"

　"아닌가? 이럴 땐 그렇게 답하는 게 좋다고 배웠다만."

　"누가 그렇게 가르쳤는데?"

　"잘 모르는 인간이다. 인간 주제에 짐승의 탈을 썼더군."

　혹시 갈라틴이 말하는 그 인간은 어쩌면 갈라텐 군 아머를 입은 상업 길드 사람이 아닐까. 왠지 모르게 저번에 만난 그 붙임성 좋은 알바생이 떠올랐다…….

　"난 인간의 언어를 공부하고 있거든. 말을 알면 쓸데없는 싸움을 피할 수 있으니까. 하지만 같은 의미에도 다양한 표현이 있어서 꽤나 어렵더군."

　정말로 짐승이 맞나 싶을 정도로 이지적인 말투였다.

　갈라틴은 꼬치구이 고기를 먹으려다가 뭔가 잘 안 되는지 인상을 찌푸렸다. 결국엔 손으로 꼬치에서 고기를 빼내 먹었다.

　"근데 왜 하필 인간의 모습으로 변한 건데……?"

　"인간 말고도 다른 걸로도 변할 수 있다. 하지만 인간과 대화할 때에는 인간의 모습인 게 더 편하지."

"그런 능력이었군."

그동안 수많은 매직 아이템을 삼켜 온 갈라틴이다. 그중에 모습을 자유자재로 바꿀 수 있는 아이템이 있다고 해도 이상할 건 없었다.

지금의 갈라틴은 마술사라 불리어도 손색이 없는 존재였다.

마술사는 전설 속에서나 나오는 초현실적인 현상을 일으키는 존재다. 도구 하나 없이 불가사의한 현상을 일으키는 인간을 가리키는 말인데, 과거에 존재했다고 하는 마술사도 어쩌면 지금의 갈라틴과 같은 경우일지도 모른다.

"그건 그렇고, 여기서 뭘 하고 있었는데?"

갈라틴은 쓰러뜨려야 하는 숙적이다.

하지만 지금은 그럴 기분이 나지 않았다. 싸움보다는 대화를 하고 싶었다.

"나는 예나 지금이나 숲을 지키기 위해 싸우고 있다."

"숲을…… 지킨다고?"

"너희가 도시를 지키기 위해 싸우는 것과 같지."

그랬군.

갈라틴에게 마물은 가족과 같은 존재다. 마물을 지키기 위해 행동한다고 이상할 건 없었다.

"레어 몬스터랑 싸우고 있었던 거야?"

"너희가 그렇게 부르는 녀석들은 외부종이다. 나와 마찬가지로 기묘한 도구에 홀린 자들이지. 놈들은 숲을 더럽히고 동료를 살해한다. 그렇기에 나는 강자로서 놈들을 없애야 한다."

강자——.

그건 귀족 사회에서 말하는 '강자의 의무(노블레스 오블리주)'와 흡사했다.

"설령 그 상대가 던전이라 할지라도?"

"그렇다. 그래서 난처하던 차였다."

갈라틴이 솔직하게 말했다.

"이 던전이라는 녀석은 외부종을 대량으로 생성해 낸다. 그리고 그 외부종은 더 많은 동료를 죽이고 있지. 나는 동료를 지키고 싶다. 하지만 그러기 위해선 이 던전이라는 것을 파괴해야 한다."

뭐야, 우리 인간들이랑 이유가 완전히 같잖아.

아니, 우리 인간보다 더 절실할 테지.

지금은 던전 내부 상점가가 사람들로 북적이고 있지만, 이 던전의 수수께끼를 해명하지 못하면 또 어디선가 제2의 던전이 생성될 가능성이 있다. 그것이 레디나이트 성시에 생성되지 말라는 법도 없고 말이다.

우리에겐 성시가 중요하고, 갈라틴에겐 숲이 중요하다. 다시 말해 이곳이다.

"나는 예나 지금이나 숲의 생물들을 지키기 위해 싸운다. 그 시커먼 도구 때문에 숲이 '개쩌는' 상태가 된 지금, '대박 위험한' 현 상황을 타파해야 한다."

"……역시 너한테 말을 가르쳐 준 거 개 맞네!"

대체 그 알바생은 발이 얼마나 넓은 거야.

"왜 그러지? 내가 무슨 잘못된 표현이라도 썼는가?"

"아니, 잘못된 표현이라기보다는…… 뭐랄까."

의미는 틀리지 않았으며 딱히 실례되는 표현도 아니다. 어차피 갈라틴이 자기보다 높은 인간이랑 대화할 경우도 없을 텐데 굳이 정정해야 할 필요가 있을까.

아니, 지금은 표현이 문제가 아니다.

"하지만 이 던전에서 짐승의 모습으로 있으면 탐색하는 데 지장이 생긴다. 그래서 어쩔 수 없이 능력을 사용해 인간의 모습으로 변신했지. 이 모습으로 있으면 말뿐만 아니라 온갖 정보를 입수할 수 있고, 또 쓸데없는 싸움도 피할 수 있으니 매우 유용하다."

"적의 모습으로 변하는 건데 딱히 거부감은 안 들었고?"

"자연계에선 흔한 일이다."

그런가. 하긴, 벌레나 물고기도 모습을 바꾸는 경우가 있으니까.

"싸울 시에는 그에 걸맞은 모습으로 변한다. 인간도 용도에 따라 옷과 도구를 바꾸지? 나로선 이 능력이 그런 경우와 비슷하다."

거참 이지적인 마물일세.

쓸데없는 싸움을 피할 뿐만 아니라 필요에 따라 모습을 바꾸는 지성도 갖추고 있다니.

"……그런데."

이걸 얘기해도 되나 싶어 고민했다.

얼마 전에 코르크스노우로부터 들은 정보가 있었다. 그것을 갈라틴에게 알려 주면 어떻게 될까.

원래라면 적일 터였다. 덧붙이자면 인간의 적인 마물을 사냥하려는 존재다.

하지만, 지금은 서로 협력해도 괜찮지 않을까——.

"모험자의 말에 따르면 이 던전은 인간의 힘으로 만든 것도, 마물의 힘으로 만든 것도 아니라고 하더군. 매직 아이템의 힘으로 만들어진 게 아닐까 싶다더라고."

"그 기묘한 도구 말인가. 그거라면 나도 수긍이 가는군."

인간이 아닌 도구가 그린 설계도. 눈 깜짝할 사이에 던전을 생성한 게 매직 아이템의 마력 때문이라면 설명이 된다. 적어도 인간이나 마족이 직접 만들었다는 것보단 훨씬 납득이 가는 설명이었다.

"그 매직 아이템을 쓴 녀석이 정말로 존재하는지가 관건이야. 누군가가 악의를 가지고 사용한 건지, 아니면 모종의 사고로 매직 아이템이 기동하는 바람에 이렇게 된 건지 알 수 없으니까."

"어느 쪽이든 상관없다. 그 도구를 파괴하면 해결될 일이니."

갈라틴이 자리에서 일어났다.

"원인이야 어떻든 간에 해야 할 일은 변하지 않는다. 그 검은 도구를 찾아내 파괴할 뿐이다."

"갈라틴, 넌 그 시꺼먼 매직 아이템에 관해 뭐 아는 거라도 있어?"

"그걸 네가 알 필요는 없다. 그건 부정한 것이다. 그러니 내가 삼키겠다. 반드시 삼켜야 한다. 그것 때문에 아무 죄도 없는 동물들이 더럽혀지는 것보단 나으니까."

갈라틴이 담담하게 말했다.

다른 마물이 삼키는 것보다 자신이 삼키는 게 더 낫다고 여기는 건가.

참으로 긍지 높은, 자기희생의 화신과도 같은 짐승이다. 하지만 그럼 언젠가 갈라틴의 몸에 무리가 오는 게 아닐지——.

하, 참 나. 내가 왜 적을 걱정하고 있는 건지 원!

"짐승의 모습으로 있을 적에는 몰랐지만, 인간의 모습으로 변하고 나니 인간의 식사도 꽤 먹을 만하군."

갈라틴은 어느새 내가 사 온 음식을 모조리 다 먹어 치운 상태였다. 줄곧 대화를 하는 와중에도 음식을 계속 먹었던 건가. 역시 짐승이군.

"'베리 땡큐' 다."

"어, 그래."

표현은 저래도 진심을 담아 고마워하는 거겠지.

"소년, 난 이만 가 보겠다. 언젠간 또 만날 날이 있겠지."

갈라틴은 그렇게 말하며 자리를 떠나려고 했다. 이 이상 나에게 볼일은 없는 건가.

못 가게 막을까도 싶었다.

하지만 그러고 나서는 뭐 어쩌게? 싸우기라도 하려고?

"…………!"

자그마한 발소리가 다가왔다. 갈라틴도 그 소리를 듣고는 몸을 돌렸다.

아리체가 이쪽으로 뛰어왔다.

우리가 여기에 있는 걸 어떻게 알았는지는 모르겠지만, 무언가를 알아차리고 온 힘을 다해 뛰어온 모양이었다. 그녀는 내옆을 지나쳐 갈라틴의 팔을 붙잡았다.

"여신인가. 미안하지만 아직 네 무기를 돌려 줄 수는 없는 노릇이다. 숲의 동료들을 지키기 위해선 그게 필요하니까."

"…………!"

아리체는 고개를 젓더니 서둘러 스케치북에다 무언가를 적기 시작했다.

굳이 이럴 필요 없이 말로 해도 충분할 것이다. 갈라틴이라면 아리체의 목소리를 듣고도 분명 괜찮을 테니까 말이다. 하지만 그녀는 스케치북에다 열심히 글자를 적었다.

[부탁이야, 갈라틴. 우리랑 함께 싸워 주지 않을래?]

"뭐라고?"

[던전을 없애면 모두에게 이득일걸?]

아리체의 제안은 내 상상을 초월했다.

저 갈라틴을 우리 편으로 끌어들이겠단 말인가.

그야 목적은 동일하지만── 갈라틴은 우리가 찾고 있던 숙적이 아닌가. 게다가 아리체도 자신의 무기를 저놈한테 빼앗겼을 텐데.

그런 상대와도 손을 잡으려는 건가. 그 유연한 사고방식은 아리체가 지닌 힘의 근원일지도 모른다.

하지만 갈라틴도 속으로 나와 같은 생각을 한 모양이다.

"인간이랑 손을 잡으란 말인가?"

갈라틴이 싸늘한 눈빛으로 아리체를 쳐다보았다. 그 목소리엔 희미하게나마 살기도 깃들어 있었다.

"이걸 너희의 말로 표현하자면 '완전 어이없는 소리'라고 할 수 있겠군. 내가 너희랑 접촉한 건 어디까지나 정보가 필요했을 뿐이다. 난 너희의 말로 표현하자면 '마물'이라는 존재다. 인간의 적이지 친구가 아니다."

그 살기가 아리체에게 향하기 전에 나는 그녀를 감쌀 요량으로 몸을 일으켜 세웠다. 갈라틴은 나를 쳐다보더니 분노를 억누르며 이렇게 말했다.

"하지만, 이 고기를 받았으니 그에 상응하는 보답은 해야겠지. 그러니 충고 하나 하겠다. 날 방해하지 마라. 그리하면 나도 너희를 방해하지 않을 테니."

그러고는 발길을 돌려 자리를 떠났다.

"…………."

아리체는 내 뒤에 매달린 채 몸을 덜덜 떨었다.

"어쩔 수 없어, 아리체. 저 녀석은 마물이야. 나쁜 녀석은 아닐지도 모르지만, 애초에 인간과는 달라."

내가 아리체를 달래자, 그녀는 자그맣게 고개를 끄덕였다.

"그런데, 대체 왜 갈라틴을 우리 편으로 끌어들이려는 거야?"

별생각 없이 꺼낸 내 질문에 아리체는 이렇게 답했다.

[왠지 모르게, 괴로워하는 것처럼 보여서.]

나도 속으로 같은 생각이 들었다.

갈라틴이 짐승의 모습으로 있을 적에는 그런 생각이 든 적 없었는데, 녀석이 인간의 모습으로 있다 보니 표정을 쉽게 읽을 수 있었다.

　갈라틴은, 명백히 괴로워하고 있었다.

SHOPPERS COLUMN 2

동업원
추천!

복을 불러들이는 '미궁의 수호자' 가 씨의 미니어처 석상

이건 가지고 있기만 해도 행운이 들어온다는 마법의 석상이다. 다시 말해, 퀘스트를 성공할 확률과 레어 몬스터와 마주칠 확률이 증가한다는 말이지. 게다가 체력 증강, 자격증 취득, 이성으로부터 호감을 사는 등의 효과도 있다는 얘기도 있고. 굳이 가방에 넣을 필욘 없다. 집에 놓아두기만 해도 힘을 얻을 수 있으니까. 하지만 이걸 배낭에 넣어 둔 덕분에 뒤에서 날아온 독화살로부터 몸을 지켰다는 모험자도 있다고 하더군. 파티에서 하나쯤 챙겨가고 싶은, 아주 좋은 아이템이지.

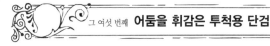

파니츠 왕국에 던전이 생성된 지도 어언 한 달 반 정도의 시간이 지났다.

갈라텐 군과 레온몰 덕분에 사람들로 북적이던 던전도 이윽고 정체기를 맞이했다.

북쪽으로 가면 갈수록 위험한 던전의 특성이 모험자를 추렸다.

조기에 탈락한 모험자는 던전 입구 부근을 중심으로 탐색에 나섰다. 던전 공략에 나서진 않더라도 그곳에 서식하는 마물과 벽 소재 등을 확보해 환금하기 위함이었다.

역시나 던전 안쪽으로 들어갈수록 강력한 마물과 신기한 건축 재료가 나왔다. 요컨대, 안쪽으로 들어갈수록 가공할 가치가 있는 희귀한 소재가 나오는 것이다.

신입 모험자는 입구 부근, 중견 모험자는 레온몰 부근, 그리고 일류 모험자는 안쪽에서 던전을 공략하는 구도가 만들어졌다.

던전 내부 상점가도 그에 맞춰 취급하는 물건을 바꾸었다. 음식은 보존식품보다는 영양이 듬뿍 들어간 고기 요리가 늘었고, 각종 독에 대비해 약품 종류도 다양해졌다. 위험을 알리는 사이렌이나, 몸을 움직일 수 없을 때 쇼핑몰 구조대에 연락할 수 있는 도구 등을 판매하기도 했다.

그리고 우리 가게의 매상으로 말할 것 같으면——.

"으으으, 또 떨어졌잖아……!"

에란티가 장부를 보며 표독한 표정을 지었다.

현재 전원이 던전 내부 상점가 지점의 점포에 모였다. 이미 던전 앞 상점가 지점은 철거하여 지점은 본점과 여기밖에 없었다. 첫 지점은 단순한 노점이었던지라 쉽게 철거할 수 있었다.

"모처럼 분위기가 좋으면 뭐해. 우리 가게 매상이 떨어지면 아무 소용도 없잖아!"

"진정해, 에란티. 어쩔 수 없어."

"어쩔 수 없긴 뭐가?!"

"그야 뭐, 지금은 단골손님 말고는 오는 사람이 없잖아."

단골손님은 매일같이 우리 가게 무기를 빌리러 왔지만, 아무래도 중견 이하의 모험자 손님이 줄다 보니 어쩔 수 없단 말이지.

"그러게~. 요즘은 새로운 손님이 통 오질 않아."

구태여 비싼 무기를 빌려 난이도가 높은 퀘스트를 수행하는 모험자보다 자신에게 맞는 무기로 마물을 사냥하는 모험자가 더 많은 추세다.

던전이 생성되기 전에는 퀘스트도 종류가 다양했기에 그에 맞춰 무기와 방어구를 렌탈해 가곤 했다. 하지만 던전 안에서 비교적 안전하게 돈을 벌 수 있는 방법이 있다면 죄다 그쪽으로 몰리기 마련이다.

"나 참…… 모험자면 모험자답게 모험이나 할 것이지."

에란티가 분개했다. 그래도 그녀는 상업 길드를 거드는 틈틈이 우리 가게도 신경 써 주기에 나로선 고마울 따름이었다.

"뭐, 그래도 적자는 아니야. 길드로부터 받는 게 잔뜩 있으니까."

"갈라텐 군 아머 말하는 거야?"

"맞아. 갈라텐 군 부대 덕분에 매주 500만 가츠를 받고 있거든."

"그렇게나 많이?!"

그건 좀 너무 많이 받는 거 아닌가 싶은데.

"갈라텐 군 아머를 당일 렌탈로 잡았을 때 10만 정도 된다고 가정하면 합리적인 가격 아니야? 오히려 내가 볼 땐 더 받아도 될 것 같은데."

"그런가? 그러려나."

오히려 그만한 수의 갈라텐 군 아머를 만들어 낸 아리체가 대단했다. 그런데 이 던전의 공략이 끝난 뒤에 재고는 어떻게 처리하면 좋을까.

"하지만, 정기적인 수입원이 있어도 영 기쁘질 않아."

에란티가 손가락으로 장부를 튕기며 쓴웃음을 지었다.

"네가 그렇게 반응하니까 좀 의외다?"

"난 돈을 버는 게 취미야. 그 때문에 아이디어를 짜내는 걸 좋아하거든. 정기적인 수입원이 생기면 더 많은 돈을 벌 수 있도록 투자를 하고 싶단 말이지!"

힘주어 말하는 에란티의 모습에서 왠지 모르게 불길한 예감이 들었다.

"야, 너 설마……."

"그래서 새로운 발명품을 한번 구상해 봤지!"

"너, 가게 매상으로 뭔 짓을 하는 거야!"

에란티가 꺼낸 건 발명품이 아닌 설계도였다.

기존 갈라텐 군 아머에 무언가를 장착한 모습이었다. 이건 갈라텐 군의 팔에서 가시가 돋아난 것처럼 보이는데.

"갈라텐 군에게 무기를 달아 봤어! 이거라면 공격과 방어를 동시에 할 수 있으니 세트 가격으로 내놔도 되고, 가시에 독을 발라 마물을 상대로 유리한 고지를 점할 수도 있어!"

마침내 갈라텐 군에게 무기도 달리는 건가.

오리지널인 갈라틴은 무기 정도가 아니라 마법에 가까운 공격을 가할 수 있다. 그에 비하면 이건 귀여운 수준이라고나 할까.

"으으으으으으......!"

가 씨가 가게 진열대 위에서 에란티의 설계도를 뚫어져라 쳐다보며 신음했다.

그 두 눈은 이글거리고 있었다.

"또 그 레어 몬스터인가. 날 본뜬 장식품은 어떻게 되었지?"

"가 씨를 본뜬 장식품도 잘 팔리고 있어. 효능이 있으니까."

에란티가 매출전표를 보여 주었다. 확실히 가 씨를 본뜬 장식품은 발매 이후로 매상이 서서히 증가하는 추세였다. 하지만 그 액수는 갈라텐 군 관련 상품의 10퍼센트에도 미치지 못했다.

"이걸론 부족하다."

"심정은 알겠지만, 상품 수에서 차이가 많이 나는 걸 어떡해."

"이건 양적인 문제가 아니라 질적인 문제가 아니냐."

"그게 무슨 소리야, 가 씨."

"그 레어 몬스터는 상업 길드의 마스코트지만, 나는 이 가게의 마스코트다. 다시 말해, 나를 더 많이 팔려면 먼저 우리 가게를 홍보해야 하지 않겠나."

"……아니, 그건 좀."

자신의 인기가 낮은 이유가 가게 때문이라는 건가.

그렇게 반론하려고 했지만, 가 씨가 이어서 이렇게 제안했다.

"반대로 말해서 날 이용하면 우리 가게를 홍보할 수 있다. 나의 인기를 높이면 우리 가게의 인기도 덩달아 올라가지 않겠나."

"그렇군. 일리는 있어."

에란티도 말했다. 정기적인 수입원만으로는 안 된다고. 어쩌면 가 씨를 이용해 뭔가 크게 한탕 할 수 있지 않을까. 그리하면 모험자들도 편해질 테고 이 던전도 더 빨리 공략할 수 있을 텐데 ──.

"그래서 말이다, 에란티. 날 판매할 방안을 생각해 다오."

"으~음………… 가 씨를 판매할 방법이라……."

에란티가 진지한 표정으로 생각에 잠겼다.

그리고 그대로 5분이 지났지만, 구체적인 아이디어는 전혀 나오지 않았다.

결국, 나는 가 씨를 데리고 다시 던전에 들어가게 되었다.

"역시 인기를 높이려면 실전만 한 게 없다. 쇼핑몰을 구했을 때처럼 성과를 내면 사람들의 존경심이 자연스레 모이지 않겠나."

정론이었다. 다만 저번처럼 잘될 거라는 보장은 없지만.

"으음, 방금 비명 소리를 감지했다. 코테츠, 저 모퉁이를 돌아라."

작업에 필요한 도구를 가득 실은 수레 위에 올라탄 가 씨가 마치 임금님처럼 나에게 명령을 내렸다.

짐차를 끌며 던전 안을 나아가다 보니, 처음과는 분위기가 확연히 달라졌음을 알 수 있었다.

입구 부근은 풀로 만들어진 벽이 많고 통로의 폭도 30미터는 되었다. 때문에 마치 거대한 가도를 나아가는 것 같아 미궁이라는 느낌이 들지 않았다. 누구든 가볍게 들어올 수 있는 그런 분위기였다.

그런데 미궁 북쪽은 그렇지 않았다. 겨우 몇 명밖에 들어갈 수 없는 좁은 통로, 칙칙한 색의 벽, 끈적끈적한 액체가 발라진 바닥 등, 꺼림칙한 느낌이 드는 장소가 많았다.

지금 내가 지나가는 통로의 경우, 폭은 넓었지만 벽이 새빨갰다. 게다가 상업 길드가 설치한 램프도 없어서 앞이 깜깜했다.

"뭐야, 여긴……?"

"마치 던전이 모험자를 거부하는 것 같군."

짐차에 탄 가 씨가 짤막하게 답했다.

"입구는 개방적인 편이 낫다. 쉽게 들어갈 수 있으리라 착각한 모험자를 사냥하기 위함이지. 하지만 그렇다고 모험자가 지나치게 안쪽으로 들어오면 곤란할 터."

"그렇군. 이 앞은 출입금지 구역이라는 말인가."

설마 던전 그 자체가 모험자를 거부하는 듯한 구조로 이루어져 있을 줄이야. 이래서 중견 모험자들이 쇼핑몰에서 북쪽으로 나아가기를 꺼리는 것이었군.

　"응? 그럼 이 던전은 모험자를 끌어들일 목적으로 만들어진 건가?"

　"그렇겠지."

　"왜 그런 짓을 하는 거지? 끌어들여서 뭘 어쩌려고?"

　"그 답은 제작자밖에 모르겠지."

　적을 넓은 장소로 유인하여 함정에 빠뜨린 다음 공격하는 사례는 인간들의 전쟁에서 흔한 편이다. 하지만 던전을 만들어 사람을 모으다니. 대체 목적이 뭐지?

　"코테츠, 생각은 나중에 해라."

　"아 참, 내 정신 좀 봐!"

　아까 가 씨가 언급한 비명 소리의 주인은 바로 근처에 있었다.

　다리를 다쳐 쓰러져 있는 모험자와, 그런 그를 감싸는 갈라텐 군이 있었다. 그리고 커다란 방패를 쥔 갈라텐 군은 공중을 나는 검으로부터 몸을 지키는 중이었다.

　마물은 그 검밖에 없었다. 모종의 힘으로 저절로 움직이는 검의 마물이었다.

　"도우러 왔어!"

　나는 등에 짊어진 양손 검을 빼 들고 검의 마물을 향해 있는 힘껏 참격을 날렸다.

　하지만 그 검의 마물은 내 공격을 막더니, 마치 눈에 보이지 않는 검사가 검을 휘두르는 것처럼 내 검과 코등이싸움을 벌였다.

그렇게 한동안 이 상태가 유지되나 싶었는데, 갑자기 검이 위쪽으로 날아올랐다.

"제길!"

자세가 흐트러진 나를 향해 머리 위에서 예리한 일격이 내리꽂혔다.

나는 아슬아슬하게 몸을 틀어 거리를 벌렸다.

하, 하마터면 큰일 날 뻔했군. 상대가 검이라 방심했다.

나도 모르게 인간이 검을 휘두르는 걸 전제로 싸우고 말았다. 저건 공중에 떠 있으니 위쪽이든 아래쪽이든 마음껏 이동할 수 있는데 말이다.

"대박! 코테츠 씨, 완전 멋져요!"

갈라텐 군이 환호성을 내질렀다. 쟤는 그때 그 알바생인가!

"난 신경 쓰지 말고 물러나! 그 사람을 도와줘!"

"그래도 대박인걸요! 저길 한번 보세요!"

알바생이 가리킨 쪽에는 또 다른 마물이 있었다.

이번엔 세 자루의 창이 공중을 날고 있었다.

던전 안쪽으로 갈수록 이런 마물이 많이 출몰했다. 입구 부근에는 동물을 개조한 듯한 마물밖에 없지만, 레온몰 이후부터는 골렘이나 움직이는 갑옷 등, 생명을 가진 무기물이 많았다.

신제품 소재로 쓰기엔 더할 나위 없을 테지만…… 음식으로 먹을 수 없는 건 아쉬운 부분이었다.

그리고 그 마물이 뒤쫓고 있는 건―― 또 다른 동물이었다.

아니, 동물이 아니었다. 마물이었다.

저번에도 본 거대한 다람쥐 마물과, 예리한 칼날 같은 뿔이 달린 사슴, 그리고 작은 토끼처럼 생긴 마물에, 거대한 벌처럼 생긴 마물까지. 짐승 타입과 곤충 타입의 마물을 상대로 무기물 타입의 마물이 싸움을 거는 건가.

"뭐야 이건……?"

"마물끼리 서로 싸우고 있더라고…… 어부지리를 노리고 달려들었다가 이 모양 이 꼴이 되었지만……!"

쓰러진 모험자가 답해 주었다.

던전에서 생겨난 마물이 원래 이곳에 살던 마물을 습격하는 건가.

"온다, 코테츠!"

가 씨가 평소보다 한층 더 크게 소리를 질렀다.

그러고는 공중을 나는 창을 향해 가 씨가 눈에서 광선을 발사했다. 차례차례 광선에 맞은 창은 바닥에 떨어져 다시는 움직이지 못했다. 내가 액션을 취하기도 전에 상황이 종료되고 말았잖아.

"괴, 굉장해……!"

다리를 다친 모험자가 감탄했다.

"내가 왔으니 이제 안심해도 좋다. 렌탈 무기점 아리체의 수호 석상인 내 앞에선 그 누구도 당신에게 해를 가할 수 없으니."

"다, 당신이 바로 그, 가 씨?!"

모험자가 화들짝 놀랐다.

"그렇다. 나처럼 강해지고 싶다면 렌탈 무기점 아리체로 와서 강력한 무기를 빌리도록. 렌탈 무기점 아리체를 잘 부탁하겠다."

"며, 명심하겠습니다!"

노골적인 홍보였지만 그래도 모험자에겐 감동적이었나 보다. 그는 눈물을 흘리며 가 씨에게 절을 올렸다. 석상을 신으로 떠받드는 건가. 뭐, 실제로 도움을 받긴 했지만.

"가 씨! 또 온다!"

"맡겨만 다오."

어둠 속에서 새로운 마물이 나타났다. 이번엔 공중을 나는 무기와 갑옷이었다. 심지어 개중에는 방패까지 있었다. 마치 무기고를 통째로 뒤엎은 듯한 물량이었다.

그 모든 것들이 한꺼번에 우르르 날아들 줄 알았는데 각자 흩어져서 하나씩 날아들었다. 꽤나 성가시군.

하지만 가 씨가 발사하는 광선 앞에서는 그것도 부질없는 짓이었다. 차례차례 격추당해 바닥에 떨어진 무기와 방어구에서 연기가 피어올랐다.

"오오오…… 역시 대단해, 가 씨."

이젠 그냥 전부 가 씨에게 맡기고 난 그냥 돌아가도 되지 않을까 싶은데.

내가 속으로 그렇게 생각하는 동안에도 금속 마물의 공격은 계속해서 이어졌다.

검 등의 날붙이가 차례로 날아드는 와중에——.

그 틈을 타 바닥을 기어 오는 마물의 모습이 눈에 들어왔다.

"위험해!"

던전 바닥으로 모습을 바꾸고 있던 거대한 지렁이처럼 생긴 마물이 사각에서 가 씨를 노렸다. 칙칙한 색을 지닌 그것이 가 씨를 향해 날아들며 독액을 토해 냈다.

"으음?!"

검은 액체가 가 씨의 눈에 묻었다. 그리고 그 액체가 굳으며 가 씨의 얼굴 전체를 뒤덮었다.

"큭, 앞이 보이지 않는다!"

미처 격추하지 못한 무기들이 그 틈을 노리고 가 씨를 향해 날아들었다. 이런, 아무리 가 씨라 하더라도 저만한 숫자의 무기로부터 공격을 받으면 위험하다.

"가 씨!"

나는 곧장 가 씨를 감싸며 검으로 무기를 쳐서 떨어뜨렸다.

가장 가까이 날아든 창을 쳐서 떨어뜨리고, 그 다음으로 검을 튕겨 냈다——.

하지만 세 번째로 날아든 무기는 미처 막아내지 못했다.

"으아아아악!"

단검이 내 어깨를 찔렀다.

격렬한 저릿함을 동반하는 통증 때문에 손에서 무기를 놓고 말았다.

제길! 수가 너무 많아!

아무리 나라도 화살처럼 몇 개나 날아드는 무기는 그리 간단히 막아 낼 수 없다. 다섯 개까지는 어찌어찌 감당할 수 있을지 몰라도, 그 수가 10이나 20을 헤아리면 도저히 무리다.

이럴 줄 알았으면 나도 갈라텐 군 아머를 입고 오는 건데.

자신의 실력을 과신한 나머지 아리체의 강력한 갑옷을 장비하지 않은 것이 화근이었다.

통한의 실수였다. 준비를 게을리하는 바람에 이런 꼴을 당하다니, 전사로서 이보다 더한 수치는 없었다.

"코테츠 씨!"

내가 시키는 대로 부상당한 모험자를 돕던 알바생이 비명을 질렀다.

"괘, 괜찮아⋯⋯! 여차하면 가 씨를 데리고 도망쳐⋯⋯!"

"안 돼요! 동료를 버리는 건 완전 말도 안 되는 짓이라고요!"

알바생, 넌 참 좋은 녀석이군. 우리가 대체 언제 동료 사이가 되었는지는 모르겠지만.

하지만 괜히 날 도우려고 하다가는 모두가 당하고 말 것이다. 지금은 한 사람이라도 살아 돌아가서 도움을 요청하는 게——.

나는 욱신거리는 어깨를 누르며 주위를 둘러보았다.

다행이다. 아직 퇴로는 차단당하지 않았다.

"코테츠, 물러나!"

"괜찮아. 그러지 않아도 돼!"

내 눈에는 보였다.

날아드는 무기의 마물, 그 뒤쪽에서.

재빨리 뛰어오는 누군가의 모습이 말이다.

망토가 바람에 나부꼈다.

"으오오오오오옷!"

양손에 벼락의 힘을 깃들인 갈라틴이 이쪽으로 달려오며 있는 힘껏 팔을 휘둘렀다. 마치 공처럼 던진 벼락의 탄환이 가장 가까이에 있던 검에 명중하자, 그 지점을 시작으로 벼락이 연쇄적으로 뻗어 나갔다.

모든 무기를 태워 버린 갈라틴이 벽을 박차며 달렸다.

바닥에 손만 댔는데도 바닥에서 검이 솟았다. 갈라틴은 그 검으로 땅을 기어 다니는 마물을 정확히 꿰뚫었다. 그리고 그 직후에 검은 얼음 결정으로 변해 소멸했다.

이 모든 것이 불과 몇 초 만에 일어났다.

우리가 죽을힘을 다해 상대하던 마물들을 그것만으로 격퇴한 것이다.

이제 이 자리에 남은 건 우리와 짐승 타입 마물들뿐이었다.

"…………."

갈라틴이 양쪽을 바라보았다.

"고, 고마워, 갈라틴. 덕분에 살았——."

내가 말을 채 끝내기도 전에 갈라틴이 다시금 손을 댔다.

자그마한 벼락 탄환이 그의 주변에서 무수히 생겨나더니 빛을 내뿜었다. 그 위력이 얼마나 대단한지는 이제 막 눈으로 본 참이었다.

겁에 질린 짐승 타입 마물들이 재빨리 달아나기 시작했다.

"이, 이봐, 갈라틴——!"

그가 계속해서 우리 쪽을 쳐다보았다.

설마 우리를 공격할 셈인가?

아니, 얼마 전엔 우리를 방해하지 않겠다고 하지 않았던가? 그 녀석이 거짓말을 할 리가 없는데.

하지만 내 머릿속에 떠오른 의문은 순식간에 날아가 버렸다.

"으으으으으으으으웃!"

날카로운 포효 소리와 함께 갈라틴이 전격의 탄환을 내쏘았다. 그것은 우리의 발치에 작렬하며 격렬한 불꽃을 튀겼다.

"히, 히이이이익! 대박! 완전 큰일 났어요!"

알바생이 모험자를 짊어진 채 수레를 이끌며 달아났다. 생명의 위협을 느낀 탓인지 마물보다 더 재빠르게 달아나는 모습이었다.

나도 가 씨를 데리고 도망치고 싶은 심정이었다.

하지만 몸을 일으켜 땅을 박차고 싶어도 어깨에서 느껴지는 격통이 내 발목을 붙잡았다.

그런 변명도 보나 마나 저 녀석에겐 통하지 않겠지만.

"이봐, 갈라틴! 그만해! 우린 널 방해할 생각 없다고!"

내가 아무리 설득하려 해도 상대방은 들은 척도 하지 않았다. 심지어 전격의 탄환이 더 많이 늘어나더니 이내 갈라틴의 주위를 뒤덮었다.

지금껏 본 적 없는 분노의 표정이었다.

나와 대화를 주고받았을 때의 그 긍지 높고 신사적인 태도는 온데간데없었다. 지금 그가 드러내는 건 가히 한 마리의 짐승이라 해도 손색이 없는 사나운 모습뿐이었다.

벼락 때문에 갈라틴의 붉은 머리카락이 곤두서며 파직거리는 소리를 냈다.

"설마 우리가 그 마물을 습격했다고 착각한 건가? 그건 오해야! 이 숲에 살던 마물을 습격한 건 아까 그 무기들이었다고!"

"으오오오오오오옷!"

갈라틴은 멈추지 않았다. 전격의 탄환을 다시 한번 날렸다.

고통에 신음하는 몸을 억지로 움직여 가까스로 전격을 피했다.

어떻게든 이곳에서 빠져나가야 하는데——.

하지만 저 녀석에게 등을 보이는 순간 전격을 맞을 테지. 전속력으로 달아나려 해도 어깨에서 느껴지는 통증이 또 다시 내 발목을 붙잡았다. 이럴 때 레온몰에서 상시 판매하는 진통제가 있으면 좋으련만.

녀석에게 등을 보이지 않고서 달아나는 방법을 강구해야 하는데.

"큭!"

그럼에도 갈라틴은 전격의 탄환을 계속 날리려고 했다.

하지만 다음 탄환이 우뚝 멈추었다.

"⋯⋯?"

그 이유는 곧바로 알 수 있었다.

갈라틴의 가슴에서 칼날이 튀어나와 있었다.

누군가가 그를 뒤에서 찌른 것이다.

"어?"

그 시점에서 내 머리는 과부하 상태에 빠졌다.

누군가가 뒤에서 검으로 갈라틴을 찌른 건 분명한 사실이었다. 대체 뭐가 어떻게 된 건지 머릿속을 정리해 보고 싶었지만 내 본능이 그건 나중에 하라고 외쳐 댔다.

갈라틴을 찌른 검이 천천히 뽑혀 나갔다.

시뻘건 피가 가슴에서 분수처럼 뿜어져 나오며 벽에 끈적하게 달라붙었다. 그럼에도 갈라틴은 무릎조차 꿇지 않은 채 범인을 쳐다보았다.

검을 쥔 채 서 있는 건—— 토끼였다.

던전에서 가끔 마주치는, 등에 철판 같은 것을 짊어지고 있는 귀여운 이족 보행 토끼 마물이다.

기껏해야 내 허리 높이밖에 안 되는 녀석이 갈라틴을 찌른 것인가.

"저 녀석은, 대체 뭐야⋯⋯?"

우연히 바닥에 떨어져 있던 도검 타입 마물을 무기로 쓴 건가.

아니, 그렇지 않았다.

토끼처럼 생긴 마물은 한 자루 검을 더 쥐고 있었다.

그리고 그것을 천천히 갈라틴의 다리에 찌르고는 또 다른 날붙이를 꺼냈다. 마치 아무것도 없는 공간에서 끄집어내듯이 말이다.

그리고 등에 차고 있던 철판을 벗어 몸 앞쪽으로 가져갔다.

철판이 아니었다. 저건 가면이었다. 얼굴을 완전히 뒤덮는 금속 가면을 쓴 것이다.

"나를⋯⋯ 찔렀, 다고⋯⋯!"

갈라틴이 눈을 치떴다.

그러고는 가면 쓴 토끼를 붙잡고자 재빨리 팔을 뻗었지만, 그 팔은 허공만 가를 뿐이었다. 그 팔이 던전의 벽에 박히자 굉음이 일어났다. 벽에 크레이터가 생기며 그 충격파가 발생했다. 토끼 마물이 그 충격파에 살짝 고개를 틀었다.

갈라틴이 곧바로 벼락의 탄환을 내쏘았지만, 놀랍게도 토끼 마물은 대체 어디에서 꺼냈는지 모를 방패로 그것을 막아 냈다. 튕겨져 나간 벼락이 사방으로 흩어지며, 바닥에 떨어져 있던 도검 타입 마물을 다시 한번 태워 버렸다.

"저 마물은—— 무기와 방어구를 쓰고 있잖아……?"

그 기묘한 광경에 나는 몸을 떨었다.

마물이 무기를 사용하고 있다는 점도 그렇거니와, 갈라틴이 고전하고 있다는 점이 이상했다.

아니, 무기가 갈라틴의 몸에 박혀들다니?

아리체가 온 힘을 다해 만들고, 내가 매일같이 갈고닦은 검으로도 생채기는커녕 털끝 하나 건드리지 못했던 갈라틴의 몸에 그 검이 박힌 것이다.

그 검은, 까만색이었다.

정확히 말하자면 새까만 오라가 그 검에서 모락모락 피어오르는 중이었다.

저 새까만 오라는 저번에도 본 적이 있다.

——으으으으으으으으으으!!

갈라틴이 포효했다.

양손을 바닥에 짚더니 가면 토끼를 향해 땅을 박차고 나갔다.

거리로 치자면 불과 몇 미터에 불과했다. 반면에 토끼 마물은 공중에서 창을 꺼내고는 갈라틴이 돌격하는 타이밍에 맞춰 내던졌다.

달리는 동안 갈라틴의 몸이 순식간에 원래 모습으로 되돌아갔다. 얼마 되지 않는 거리를 채 좁히기도 전에 갈라틴은 흰색과 붉은색 털을 가진 그 짐승의 모습으로 되돌아갔다.

──으으으으!

창이 갈라틴의 어깨에 박혔지만, 그럼에도 돌진하는 갈라틴의 기세는 멈추지 않았다. 벼락을 몸에 휘감은 갈라틴이 가면 토끼를 들이받고 벽에다 처박았다.

크레이터가 생기는가 싶더니 뒤이어 벽이 무너져 내렸다. 커다란 구멍 너머로 검붉게 맥동하는 벽과 바닥이 눈에 들어왔다. 마치 내장처럼 생긴 곳이었다.

갈라틴의 태클을 받고 날아간 가면 토끼는 금세 다시 몸을 일으켜 세웠다. 그러고는 공중에서 무기를 꺼내 다시금 갈라틴을 향해 겨누었다.

검, 창, 도끼, 낫, 활 등등 온갖 무기가 그 토끼 주위에 둥둥 떠 있었다.

갈라틴도 다시금 인간의 모습으로 돌아오더니 자신의 몸에 박힌 창을 뽑아냈다. 그러고는 그것을 꼬나쥐고서 토끼에게 달려들었다.

"찾았다──! 드디어 찾았다고!"

갈라틴이 그렇게 소리치며 창을 내질렀다.

가면 토끼의 검이 그것을 튕겨 냈다. 그뿐만이 아니었다. 공중에 떠 있던 도끼가 갈라틴의 몸통을 갈랐고, 활이 자동적으로 활시위를 당기더니 화살을 내쏘았다.

마수와 토끼의 싸움에 나는 이러지도 저러지도 못했다.

도와야 하나? 누구를?

거기에까지 생각이 이르자, 아까 갈라틴이 취했던 행동이 떠올랐다.

아까 우리에게 가했던 공격에 적의는 없었다.

——저 토끼로부터 우리를 떼어놓기 위함이었다.

다시 말해, 처음부터 저 토끼가 적임을 알고 있었던 것이다.

그건, 그러니까.

"으으…… 드디어 떨어져 나갔군."

내 발치에 널브러져 있던 가 씨가 아까 받은 마물의 독액으로부터 마침내 회복된 모양이었다. 눈에서 눈물처럼 보이는 물을 마구 흘리며 독액을 씻어 내는 모습이었다. 역시 제아무리 석상이라 할지라도 눈을 가리면 앞을 못 보는구나 싶었다.

"가 씨, 괜찮아?"

내가 가 씨를 걱정한 그 찰나의 순간에 싸우는 소리가 멀어져 갔다.

"난 줄곧 네놈을 찾아다녔다——!"

얼핏 갈라틴이 토끼를 몰아넣은 것처럼 보이지만, 토끼는 착실하게 거리를 벌리며 원거리에서 무기를 계속해서 던져 댔다.

그 둘은 점차 우리로부터 멀어져 갔다.

쫓아가고 싶었지만, 무리였다.

어깨에 부상을 입은 채로는 쫓아갈 수도, 쫓아간 뒤에 싸울 수도 없었다.

이윽고 금속과 금속이 맞부딪치는 소리가 완전히 사라졌다. 빛 한 점 없는 던전 안에서 그 둘이 대체 어디로 갔는지조차 알 수 없었다.

"으윽……."

난 그 자리에 주저앉았다.

통증이 심하기도 했지만, 머릿속이 너무 복잡해서 머리가 터질 것만 같았다.

대체 무슨 일이 일어난 걸까.

갈라틴을 습격한 그 토끼처럼 생긴 마물은 대체…….

"코테츠, 내 눈으로 보는 건 처음이지만, 아무래도 저 키 큰 남자가 갈라틴인가 보구나."

"……맞아. 저 토끼처럼 생긴 마물은 정체를 모르겠고."

"그쪽은 내가 알고 있다."

"뭐라고?"

분명 저 토끼는 이 던전의 마물 도감에도 실리지 않았을 터였다. 저런 식으로 무기를 꺼내고 갈라틴에게 상해를 가할 수 있는 마물이 있다니. 이건 예삿일이 아니었다.

"저건 백토다."

"백토?"

처음 듣는 종족이었다.

"이 근처에 서식하는 마물은 아니지? 대체 어디에 서식하고 있는데?"

별생각 없이 던진 질문이었다.

하지만 가 씨의 대답을 들은 순간, 나는 심장이 급속도로 싸늘하게 식는 것을 느꼈다.

"천계다."

던전 내부 상점가 지점에 모두를 불러 모았다.

나는 가지고 돌아온 무기를 가게 카운터에 올려놓았다.

무슨 일이 벌어질지 모르기에, 가 씨에게 대신 운반을 부탁했다.

"이게 바로 그 무기들이야."

구부러진 도신은 전부 다 새까매서 무슨 금속으로 만들어졌는
지조차 알 수 없었다. 모두 갈라틴이 파괴한 거지만, 그럼에도
혹시나 무슨 단서라도 얻을 수 있지 않을까 싶어 가지고 왔다.

아리체는 그 무기의 잔해를 진지한 눈빛으로 쳐다보았다.

"정말 이걸로 갈라틴을 찌른 거야?"

에란티는 미심쩍은 태도였다.

나도 그 갈라틴이 상처를 입었다는 사실이 믿기지가 않았다.

"그래. 내가 이 두 눈으로 똑똑히 봤어."

"대체 어떤 구조로 되어 있을까……."

"겉보기에는 평범한 검처럼 보이지만, 그 예리함은 차원이 달
라. 날을 함부로 건드리면 안 돼. 손가락이 잘리고 말 거야."

"히익."

에란티가 허둥지둥 손가락을 오므렸다. 아리체가 제작한 무
기도 예리한 편이지만, 이 검은색 무기는 그보다 훨씬 더 강력

한 위력이 깃들어 있는 게 아닌가. 함부로 건드렸다간 손가락뿐만 아니라 온몸이 찢겨져 나갈 것만 같은 마력이 느껴졌다.

"이 무기를 정말로 마물이 만들었나?"

대장장이인 릴은 이 무기가 얼마나 이상한지 이해한 모양이었다.

"날의 예리함도 그렇거니와 이 날의 두께는── 일반적이라면 구부러지기는커녕 이런 형태를 유지하기도 힘들다. 마치 종이 같군. 훌륭하다."

무기에 따라서는 반대편이 비쳐 보일 정도로 날이 얇았다. 이정도로 얇으면 갈라틴에게도 먹힌단 말인가.

"코테츠, 어깨에 입은 상처는 좀 어때?"

에란티가 걱정 어린 표정으로 말하며 내 어깨를 두드렸다.

"아프잖아, 이 자식아──! 라는 건 사실 거짓말이고."

나는 옷을 벗어 어깨에 감은 붕대를 드러냈다.

"실은 상처가 거의 다 아물었어. 검이 너무 얇으니까 날이 지나치게 잘 들어서 그런 것 같아."

물론 이유가 그게 전부는 아니다. 새로운 마물의 체조직을 이용해 만든 연고 덕분이기도 했다.

"보면 볼수록 굉장한 대장장이군."

그 점은 나도 인정하지 않을 수 없었다.

이 무기를 만든 대장장이는 아리체에 필적할 만한, 아니, 어쩌면 그 이상의 실력을 지녔을지도 모른다. 여신을 능가할 만한 존재라면──.

"있잖아, 가 씨, 백토가 누군데?"

[그건 내가 대신 설명할게.]

아리체는 그렇게 말하며 카운터 위에 스케치북을 세웠다. 거기에는 색연필로 '백토란?'이라고 적혀 있었다.

곧바로 첫 번째 장을 넘기자 귀여운 일러스트를 곁들인 글자가 적혀 있었다. 혹시 이걸 줄곧 만들었던 거야?

[백토는 천계에 사는 신수야. 여신님을 곁에서 돕는 엄청 영리한 짐승이지.]

여러 마리의 흰 토끼가 아름다운 여신 곁에서 망치를 휘두르는 일러스트였다. 이건 가 씨가 그린 걸까?

[백토는 여신님의 조수로서 대장일, 시중, 경호 등, 온갖 일을 도맡아서 해. 엄청 영리한 짐승이지.]

엄청 영리한 짐승이라는 말이 두 번이나 나왔는데.

[설명 끝.]

"이게 끝이야?!"

하지만 백토가 어떤 존재인지는 이해했다.

"여신님의 곁에서 일한다라. 아리체, 혹시 네 곁에도 백토가 있었던 거 아니야?"

에란티가 핵심을 쿡 찔렀다.

[응. 나도 백토랑 같이 공부했어. 백토는 뭐든 할 수 있거든.]

"사형 같은 존재인가?"

"그렇군. 스승님의 사형이라——. 그럼 대장장이 기술이 이렇게나 탁월한 것도 납득이 가는군."

릴이 검은색 검의 자루를 건드렸다.

하지만 같은 스승에게 배운 것치고 만든 무기는 전혀 비슷하지 않았다.

아니, 지금은 그게 중요한 것이 아니다.

더 큰 문제가 있으니까 말이다.

"그런데 그 사형인 백토가 왜 던전에 있는 거지?"

내 의문에 모두가 고개를 갸웃거렸다.

원래 천계에 있어야 할 신수가 인간계에, 그것도 파니츠 왕국의 던전에 나타난 이유를 전혀 알 수 없었다.

아리체는 빼앗긴 여신의 무기—— 신기를 되찾기 위해 인간계로 내려왔다. 그런데 백토는 대체 어떤 임무를 받은 걸까.

"역시나 목적은 갈라틴이 아니겠나?"

가 씨가 그렇게 추측했다.

"아무리 시간이 지나도 아리체가 갈라틴으로부터 신기를 되찾지 못하는 바람에 초조해진 여신이 보내지 않았을까 싶군."

그런가. 아리체를 대신해 갈라틴을 토벌하려고 한 건가. 그렇다면 갈라틴을 공격한 이유도 납득이 가지만…….

"…………"

아리체가 어깨를 축 늘어뜨렸다.

"가 씨! 그건 아니지! 아리체는 열심히 하고 있잖아!"

"그걸 판단하는 건 우리가 아니다. 여신이지."

"그건 그렇지만……."

실제로 아리체가 만든 무기로도 생채기 하나 낼 수 없었던 갈

라틴의 몸을 백토의 무기는 꿰뚫었다. 그 위력의 차이는 너무나
도 뚜렷했다.

"괜찮습니다, 스승님."

풀이 죽은 아리체의 어깨를 릴이 토닥였다.

[릴, 애써 위로해 줄 건 없어.]

"아뇨, 제가 아무 근거도 없이 스승님을 위로해 드리는 게 아
닙니다. 왜냐하면 백토라는 그 짐승은 아직 갈라틴을 토벌하지
못했기 때문이죠. 스승님에게는 아직 시간이 있습니다."

"듣고 보니 릴의 말도 일리가 있군. 만약 백토가 임무를 완수
했다면 아리체에게도 무슨 연락이 왔겠지."

가 씨도 릴의 의견에 동의했다.

"그렇군. 백토보다 먼저 무기를 탈환하면 되잖아. 구태여 갈
라틴을 토벌할 필요는 없어. 갈라틴을 설득해서 돌려받는다는
방법도 있을지 몰라."

나도 내 생각을 얘기해 봤지만,

"어떻게 설득하게? 갈라틴은 던전을 없애고 숲을 지킬 거라
했다며? 던전이 없어지기 전까지는 돌려줄 마음은 없을 것 같
은데?"

에란티가 단박에 반박하고 말았다.

"그건 그래……. 으~음, 우리가 이러는 동안에도 백토가 갈
라틴이랑 싸우고 있을지 몰라."

[그럼 백토를 설득해 보는 건 어때?]

아리체가 내 말을 듣더니 그렇게 답했다.

[백토에게 조금만 더 기다려 달라고 부탁하는 거야. 다 함께 힘을 모아 던전을 없애면 갈라틴도 자기 목적을 이룰 수 있을 테고, 또 무기를 돌려받을 수 있을지도 몰라.]

"그렇군. 백토에게도 던전을 공략하는 데 협력해 달라고 부탁하면 되는 거였어."

함께 힘을 모아 목적을 이루면 어쩌면 아리체의 평판도 조금은 올라가지 않을까 싶었다. 뭐, 그 부분은 여신의 재량에 달렸겠지만.

"좋았어. 목표가 정해졌으니, 곧바로 백토와 갈라틴의 싸움을 말리러 가자!"

이렇게 결론이 나온 건 좋았지만——.

"말리러 간다니…… 그 둘을 무슨 수로 말릴 건데?"

에란티가 입에 담은 의문에 모두가 침묵에 잠겼다.

갈라틴과 백토는 던전 안쪽 어딘가에서 싸우고 있었다. 아마도 그곳은 미탐색 지역일 것이다. 게다가 아직 결판이 나지 않았다면 따로따로 행동하고 있을지도 모른다.

[그거라면 나에게 생각이 있어.]

아리체에게 무슨 비책이 있는 모양이다.

[가 씨가 순간 이동해서 가면 돼. 가 씨라면 백토가 어디에 있는지 찾을 수 있을 거야.]

"아, 맞다. 가 씨는 순간 이동도 할 수 있지 참."

좋은 생각이라며 내가 손뼉을 치고 있을 때였다. 문득 마음에 걸리는 점이 있었다.

"응? 가 씨는 던전 안에서도 순간 이동할 수 있어?"

코르크스노우와 종업원들을 구출했을 적에도 위치는 알고 있었음에도 순간 이동은 하지 않았었다.

"할 수는 있지만, 저번에도 말했다시피 장거리 이동을 하고 나면 무척이나 피로해진다. 만약 나 혼자 이동했다가 그 앞에 위험이 도사리고 있다면 꼼짝없이 당하고 말 테지."

"그럼 다 같이 가면 되는 거 아니야? 여럿이서 함께 순간 이동할 수도 있지?"

"가능은 하지만, 그러면 마력 소모가 더욱 심하다."

"그래도 우리가 같이 가면 가 씨를 지켜 줄 수 있잖아."

"……그건 다시 말해, 피로해져도 상관없으니 순간 이동을 하라는 얘긴가?"

[부탁할게, 가 씨.]

"부탁해, 가 씨."

아리체와 내가 애원했다.

"잘 들어라. 순간 이동을 하는 건 그대들이 아니다. 바로 나다. 하고 나면 정말로 피로해진다. 인간으로 예를 들자면 쉬지도 않고 하루 종일 달렸을 때처럼 피로해진다."

어지간한 일에는 꼼짝도 않는 가 씨가 진심으로 싫다는 기색을 보였다.

그만한 피로를 동반하는 행위임은 알고 있다. 그렇지만 가 씨의 협력이 없으면 아리체의 목적을 이룰 수 없다.

지금껏 아리체가 공들인 노력이 허사로 돌아갈지도 모를 일이다. 그러니 조금이라도 시간을 더 벌어야 한다.

우리가 가 씨에게 애원하고 있을 때였다. 옆에서 에란티가 불쑥 한마디 꺼냈다.

"그런데, 가 씨. 만약 성공하면 던전 공략 계기를 만든 일등 공신이 될 걸?"

"음?"

"이 던전이 사라져도 영웅의 이름은 영원히 남지 않을까? 어쩌면 가 씨의 장식품에 이어 동상까지 세워질지도 몰라."

"……한 명만이다. 그 이상은 안 된다."

의외로 구슬리기 쉽단 말이지.

원래라면 좀 더 철저하게 준비하고 나서 떠나야 하지만 지금은 사태가 너무나도 급박했다.

가게에 재고로 남은 무기와 방어구를 모조리 긁어모아 최대한 챙겼다. 또한 에란티에게 구매를 부탁한 각종 간편 도구와 연고 —— 그리고 진통제도 대량으로 챙겨 가 씨에게 운반을 맡겼다.

현재 백토는 지하 수십 미터 아래에 있는 던전 최북단에 있다고 한다.

가 씨의 힘을 빌려 그곳으로 눈 깜짝할 사이에 순간 이동하는 것은 지금까지 탐색을 계속해 온 모험자들을 모독하는 행위일지도 모른다. 하지만 그곳에 간다고 해서 던전이 공략되는 것도 아니다. 오히려 위험 부담이 더 컸다.

그곳은 캄캄했다.

나는 곧바로 에란티로부터 받은 도구를 사방에 던졌다. 충격에 강해서 웬만하면 깨지지 않는, 탱글탱글한 구체 속에 발광이끼 같은 게 섞여 있는 형태의 램프였다. 나는 그걸 닥치는 대로 던져 주위의 광원을 확보했다.

까마득히 높은 천장은 무려 수십 미터나 되었고, 넓이도 엄청 넓었다. 내가 온 힘을 다해 던진 구체형 램프는 단 하나도 벽까지 닿지 않았다. 여긴 거대한 홀일까.

"보았느냐…………! 이것이…… 나의…………!"

금방이라도 숨넘어갈 듯 말 듯한 가 씨가 내 발밑에 나동그라져 있었다.

"가 씨, 정말 잘했어! 가 씨는 영웅이야!"

설마 두 명이나 데리고 순간 이동해 줄 줄이야.

이제 모든 일이 잘 풀리기만 하면, 동상쯤은 우습게 보일 만큼큰 공적을 세울 수 있을 것이다.

[가 씨, 고마워.]

갈라텐 군 아머를 입은 아리체가 가 씨에게 감사를 표했다.

싸움에 익숙지 않은 아리체를 데리고 온 이유는 백토를 확인하기 위함이었다. 백토를 설득하는 덴 그녀가 가장 적임자일 것이다.

아리체는 인간보다 시력이 좋은 모양인지 어느 한 지점을 응시했다.

[코테츠, 저기야.]

갈라텐 군의 복슬복슬한 손이 어느 한 방향을 가리켰다.

그곳에 갈라틴과 백토가 있었다.

불빛의 범위 밖에 있는 바람에 지금 무엇을 하고 있는지는 육안으로 식별하기 힘들었다. 하지만 거듭해서 퍼져 나가는 금속 소리와 갈라틴의 포효 소리가 또렷이 전해져 왔다.

"싸우고 있어……!"

우리가 한 차례 귀환하고 나서 꼬박 하루가 흘렀다.

설마 그때부터 줄곧 쉬지도 않고 계속 싸우고 있는 건가?

————으오오오오!

갈라틴의 목소리가 이쪽으로 다가왔다.

무언가가 갈라틴을 내던진 모양인지, 갈라틴의 몸이 공중을 날며 우리를 향해 날아들었다.

"우왓?!"

우리는 허겁지겁 몸을 피했다. 짐승 모습의 갈라틴이 바닥을 굴렀다.

몸 곳곳에 백토의 무기가 박혀 있고 온몸이 피투성이였다.

그 날은 새까맸고, 마치 나비 날개처럼 얇았다.

"……너희는…………!"

갈라틴이 피를 토하며 몸을 일으켜 세웠다. 짐승의 모습으로도 인간의 말을 할 수 있는 모양이었다. 그러고 보니 인간의 모습으로 변신했던 건 어디까지나 정보를 수집하기 위함이라고 했던가.

"날 방해하지 말라고…… 했을 텐데……!"

갈라틴은 눈에 띄게 쇠약해진 상태였다.

반면 백토는 거의 상처 하나 없었다. 온몸이 더러워지긴 했어도 피는 흘리지 않았고 가면도 파손된 곳 하나 없이 멀쩡했다.

그 가면의 문양은 검붉은 색이었는데, 마치 샤먼처럼 신성한 분위기와 기묘한 분위기가 동시에 느껴졌다. 천계에서는 저런 게 일반적인 걸까.

백토는 양손에 단검을 쥔 채 마치 스텝을 밟는 듯한 걸음걸이로 이쪽을 향해 다가왔다.

물론 그 단검도 새까맸다.

아니, 자세히 보니 단순히 색만 까만 것이 아니었다. 새까만 오라를 휘감고 있었다.

그러고 보니 저번에 백토가 공격했을 적에도 저 오라가 무기를 뒤덮고 있었다. 그리고 그 오라의 잔재가 갈라틴의 몸에도 묻어 있음을 알 수 있었다.

"있잖아, 아리체. 저 검은색 아지랑이처럼 생긴 거……."

[응. 기억나.]

내가 본 건 한 번뿐이었다.

저번에 갈라틴과 싸웠던, '검은 손의 나겔링'이라는 레어 몬스터가 가지고 있던 매직 아이템이 떠올랐다.

그건 아주 작은 마물을 흉악한 레어 몬스터로 변모시킨, 출처를 알 수 없는 물건이다.

일반적인 매직 아이템은 사용자에게 마법적인 힘을 부여해 주지만, 그 까만 매직 아이템은 거기에 더해 마법을 폭주시키는 효과가 있는 것 같았다.

요컨대—— 무진장 위험한 물건이다.

갈라틴은 그 매직 아이템을 회수하여 숲에 평화를 가져다 오기 위해 싸우고 있다. 그리고 다른 사람이 함부로 사용하지 못하게끔 자신의 몸 안에 가두고 있다.

그런데 그 매직 아이템을 백토가 가지고 있다니.

이건, 대체 어떻게 된 일이지.

"저 자식…… 설마?"

설마, 그렇게 된 거였나?

"물러나라, 소년."

갈라틴이 떨리는 다리로 우리 앞에 섰다. 붉은 털의 갈라틴이라는 별명은 상대의 피가 튀어 시뻘겋게 물든 그의 털을 가리키는 말이었지만, 지금은 자신의 피로 물들어 있었다.

"저 새까만 건 건드리기만 해도 위험하다. 인간이 감당할 수 있는 물건이 아니야."

"갈라틴, 저 녀석이…… 백토가 그 까만 매직 아이템을 만든 거야?"

"그게 뭐 어쨌단 말이냐."

"……?!"

아니, 잠깐만.

저 까만 매직 아이템은 아리체가 인간계에 내려오기 전부터 있던 거잖아? 게다가 저건 악의가 가득 담긴 물건이다.

여신의 제자이자 신수인 백토가 저런 걸 만들어 냈다고?

아리체 쪽을 쳐다보았다.

그녀 또한 나를 쳐다보고 있었다. 손에 든 스케치북에는 내가 묻고자 했던 질문의 답이 적혀 있었다.

[백토라면, 만들 수 있어.]

아리체는 갈라텐 군 아머 안에서 지금 어떤 표정을 짓고 있을까.

그녀의 의도나 사실의 진위를 확인하기 전에, 상대가 먼저 그것을 증명해 주었다.

"웃?!"

칼날이 소리도 없이 날아들었다.

그것은 갈라틴도 나도 아닌, 아리체를 노렸다.

그 순간, 마치 나는 변신하듯 몸을 날렸다.

"아리체!"

나는 양손 검을 뽑으며 번개처럼 아리체의 앞에 섰다.

그렇잖아도 영문 모를 일만 잔뜩 일어나는 바람에 머릿속이 터질 것만 같던 참인데, 그나마 이건 이해하기 쉬웠다.

나는 날아드는 칼날을 튕겨 내며 아리체를 지켰다.

하지만 튕겨져 나간 건 오히려 나였다.

"윽?!"

마치 거대한 납탄에 맞은 것 같은 충격에 내 검이 튕겨져 나갔다. 나는 곧바로 정면을 향해 다시 검을 겨누었지만 내 검은 이미 부러진 상태였다.

그때 다시금 날붙이가 날아들었다.

"웃!"

내 앞에 있던 갈라틴이 잽싸게 몸을 움직여 우리를 감싸듯 막아섰다. 날붙이는 갈라틴의 몸을 스쳤다. 하지만 그럼에도 그 기세를 죽이지 못하고 뒤쪽으로 날아들었다. 그러고는 내 옆을 지나쳐 아리체의 머리를 스쳤다. 날붙이가 갈라텐 군 아머의 내부 장갑에 부딪치는 소리가 났다.

"꺄악!"

갈라텐 군의 머리가 날아가 버렸지만, 아리체는 그 자리에 넘어지기만 하는 걸로 끝났다. 만약 갈라틴이 날아드는 기세를 죽이지 않았으면 지금쯤 어떻게 됐을지.

"아리체, 괜찮아?!"

"응!"

역시나 이럴 땐 목소리로 대답할 수밖에 없었다. 이 정도는 괜찮을 테지.

나는 소지품에서 다음 무기―― 장검 두 자루를 꺼내 양손에 쥐었다.

방금 그 공격을 통해 알았다.

아리체에게 무기를 던진 백토와, 그걸 막으려던 갈라틴.

누가 우리 편이고 누가 적인지를 말이다.

"백토!"

내가 그 이름을 부르자, 작은 흰 토끼가 웃었다. 그 가면 아래에서 어떤 표정을 짓고 있는지는 모르겠지만, 나를 무시하고 있는 건 명백했다.

"소년, 비켜라."

갈라틴이 온몸으로 나를 밀어내려고 했지만,

"비킬 마음 없어. 저 녀석은 우리의 적이기도 해. 어쩌다 보니 같은 적을 상대하게 되었을 뿐, 너에게 협력할 마음은 추호도 없다고."

"……마음대로 해라."

갈라틴이 낮게 으르렁거리며 호흡을 가다듬었다.

"백토가 쓰는 새까만 오라……. 아무래도 저건 날붙이뿐만 아니라 매직 아이템도 강화할 수 있나 본데."

그렇다. 모든 일의 원흉은 저 새까만 오라다.

저 오라는 독이나 다름없다. 그러니 레어 몬스터가 흉악해지는 것이다.

백토가 딱히 무슨 정체 모를 방법을 쓴 건 아니다. 아리체도 무기를 만들 적에는 특별한 방법으로 마력을 코팅하니까. 비키니 아머가 그만큼 단단한 건 그 힘이 깃들어 있기 때문이다.

여신을 같은 스승으로 두었으면서 어째서 둘은 이다지도 다른 지 원.

"으오오오옷!"

나는 기합을 넣고 백토를 향해 달려 나갔다.

백토도 내가 자신의 적으로 돌아섰음을 확실하게 인지한 모양이었다. 아무것도 없는 공간에서 창처럼 길쭉하고 뾰족한 금속을 꺼내고는 나를 향해 내던졌다.

"하앗!"

나는 왼손에 쥔 검으로 그 창을 쳐서 떨어뜨렸다. 그러고는 곧장 돌진하여 백토와의 거리를 좁혔다.

게다가 내 옆에서는 갈라틴이 달려 나가며 백토의 얼굴을 향해 벼락의 창을 내던졌다. 두 방향 동시 공격에 맞서 백토가 꺼내든 건 거대한 벽처럼 생긴 방패였다.

그 방패에 갈라틴의 벼락이 내리꽂히자마자 마치 빨려들듯 소멸했다. 벼락을 완전히 무효화시키는 모양이었다.

그 방패에 나는 온 힘을 다해 참격을 날렸다.

"!!"

방패 너머에 있는 백토가 비틀거렸다.

나는 이어지는 발차기로 방패를 날려 버렸다. 방패 뒤에 있던 백토가 깜짝 놀랐다는 듯한 태도로 나를 공격했다. 손에 쥔 단검으로 내 심장을 노렸지만 나는 잽싸게 피했다.

왼손에 쥔 검으로 다시 한번 백토에게 참격을 날렸다.

"윽!!"

이번엔 백토가 내 검을 향해 단검을 날렸다. 예리한 단검이 내 검을 완전히 두 동강 냈다. 역시나 새까만 오라를 휘감은 무기는 당해 낼 수 없는 건가.

"코테츠!"

아리체가 내 이름을 외쳤다. 나는 본능적으로 팔을 뻗었다.

아리체가 나에게 방패를 던졌다. 나는 그것을 공중에서 받아 낸 다음 다시 한번 백토를 향해 돌격했다.

백토는 방패를 든 나에게 다시 한번 단검을 날렸다.

격렬한 충격이 방패를 타고 팔까지 전해졌다.

하지만 방패는 끄떡도 없었다. 날붙이는 튕겨져 나가 바닥에 떨어졌다.

"그렇군——. 그런 뜻이었어."

아리체가 나에게 방패를 건넨 이유를 이해했다.

나는 확신을 얻고자 방패를 겨눈 채 백토를 향해 몸을 날렸다.

"!!"

백토는 돌격하는 나를 보고 깜짝 놀라면서도 창과 검을 던져 댔다. 그것을 방패로 막아 내자 다소의 충격이 전해져 왔다. 하지만 역시나 이번에도 방패에 맞은 날붙이들은 전부 다 튕겨져 나갔다.

역시나—— 이 녀석의 무기를 손쉽게 막아 낼 수 있군.

백토가 만든 무기는 예리하다. 아리체의 무기를 아득히 능가할 정도로 말이다.

하지만 그 어떤 무기라도 경사가 있는 방패에 맞으면 위력이 떨어지기 마련이다. 무기에 무슨 문제가 있어서 그런 건 아니다. 어떠한 날붙이든 물리적으로 그렇게 될 수밖에 없다.

덧붙여 아리체가 제작한 방패의 곡선은 철저한 계산을 바탕으로 만들어졌다. 정면에서 막아 내면 그 어떤 예리한 날붙이라 할지라도 튕겨 낼 수 있다.

아마도 백토는 갈라틴을 쓰러뜨릴 목적 하나만으로 무기들을 만들었을 것이다. 하지만 무기들은 단단한 피부에는 통할지 몰라도 둥근 방패에는 통하지 않았다. 애초에 갈라틴은 방패를 가지고 있지 않으니까 말이다.

"코테츠!"

다시금 아리체가 내 이름을 외쳤다.

몸을 돌려 아리체가 던진 무기를 받았다. 양쪽에 추가 달린 사슬이었다.

아, 그렇군. 갈라틴은 예리한 발톱과 강력한 주먹을 가지고 있지만, 무언가를 포박하는 도구는 가지고 있지 않다.

"이거라면——!"

나는 사슬을 휘둘러 원심력을 가해 백토에게 던졌다.

쇠사슬이 백토의 그 자그마한 몸을 휘감고는 순식간에 움직임을 봉쇄했다. 하지만 백토도 순순히 당하고 있지만은 않았다. 검을 꺼내 쇠사슬을 끊으려고 했다.

검으로 몇 번 때리자 쇠사슬은 금세 잘려 나갔다. 하지만 그 찰나의 순간이 결정적이었다.

"으으으으으으으옷!"

이미 코앞까지 육박한 갈라틴이 백토의 몸을 물어뜯었다.

"우오오오오오오오옷!"

갈라틴은 포효하며 입에 문 백토의 몸을 땅바닥에 내동댕이쳤다. 그럼에도 백토는 목소리 하나 내지 않았지만, 고통에 몸부림치고 있는 건 분명했다.

하지만 백토는 잽싸게 몸을 일으켜 세우더니 갈라틴의 몸에다 검을 박아 넣으려고 했다.

그 순간, 갈라틴이 인간의 모습으로 변신했다.

"?!"

몸 크기가 변화한 탓에 백토의 검이 허공을 갈랐다.

변신을 이런 식으로도 사용하다니——!

감탄에 젖을 새도 없이 아리체와 에란티가 공동으로 개발한 창을 투척했다. 달아나는 백토의 앞을 가로막는 모양새로 창이 바닥에 꽂혔다. 그리고 그 끝에서 거대한 불길이 치솟았다.

"우왓!"

사용한 내가 깜짝 놀라 무심코 소리칠 정도로 엄청난 화력이었다. 창의 자루 부분에 불타는 물이 들어가 있는데, 창이 불꽃을 일으키면 이에 반응하여 불이 붙는 구조라나 뭐라나. 정말이지 터무니없는 걸 만들어 냈군.

하지만 효과는 즉각적으로 나타났다. 도망치던 백토도 우뚝 멈춰 설 정도의 강력한 화염이었다.

나는 재빨리 백토의 뒤를 쫓으며 마지막으로 남은 검 한 자루를 휘둘렀다.

바로 그때였다.

——으으으으으으으으으으으으오!

던전 전체를 뒤흔드는 듯한 포효 소리가 들려왔다.

그리고 그와 동시에 갈라틴이 다시금 짐승의 모습으로 돌아가 돌격했다.

그 거대한 체구가 백토를 날려 버렸다. 그러고는 백토를 그대로 벽에다 처박고 찌부러뜨렸다. 백토의 입에서 고통에 찬 신음 소리가 새어 나왔다.

"숲을 더럽힌 자는……… 용서할 수 없다……!"

백토는 이미 전의를 상실한 채 괴로움에 신음하는 상태였다. 갈라틴이 백토를 내동댕이친 시점에서 결판은 이미 난 것이나 마찬가지였다.

그럼에도 갈라틴은 싸움을 멈추려 하지 않았다.

누르고 있던 벽이 박살 나며 백토가 반대편으로 날아가 버렸다.

"죽여 버리겠다……!"

갈라틴이 쓰러진 백토를 향해 천천히 다가갔다.

"갈라틴! 이제 그만해! 이미 결판은 났어! 이 이상은 그저 폭력에 지나지 않아!"

내가 소리쳐도 변하는 건 아무것도 없었다.

갈라틴의 눈에서 이성의 빛이 사라져 있었다. 쇼핑몰 밖에서 같이 식사를 했을 적에 보았던 그 이지적인 갈라틴의 모습은 이미 온데간데없었다. 지금은 그저 한 마리 짐승으로서 본능을 발산하고 있을 뿐이었다.

그때였다. 오라가 갈라틴의 몸 주위를 감쌌다. 그리고 오라의 중심에 있는 무언가가 공중에 두둥실 떠올라 있었다.

검이었다.

성인 남성의 키와 맞먹을 정도로 거대한 크기의 검이었다. 갈라틴이 그것을 짊어지는 모양새로 으르렁거렸다.

그 검이 스스로 일어나며 공중에 높이 떠올랐다.

단순히 크기만 커다란 게 아니었다. 아름다우면서도 신성한 느낌이 드는 검이었다.

그와 동시에 그게 얼마나 강력한지도 알 수 있었다.

그것은 백토의 새까만 오라와는 달리 흰색 오라를 내뿜었다. 마치 모든 것을 정화할 것처럼 거룩한 힘이 느껴졌다.

갈라틴이 그 힘을 백토에게 행사하려고 했다——.

"그만해, 갈라틴!"

나는 아리체가 준 방패를 들고 갈라틴을 향해 돌격했다.

그 녀석의 머리 위에 떠 있는 검이 나를 향해 그 끝을 틀었다.

그 직후, 눈부신 빛이 시야를 가득 메웠다.

"우와아아아아아아아아아앗!"

내 몸은 강력한 힘에 휩쓸려 저만치 날아가 버렸다.

미처 낙법조차 취하지 못하는 바람에 내 몸은 땅바닥에 내동댕이쳐졌다.

다들 무사할까.

곧바로 일어나 갈라틴을 말려야 한다. 나는 통증이 느껴지는 몸을 억지로 일으켜 세우려고 했지만——.

"……나………… 는……!"

갈라틴이 공중에 떠오른 검을 자신의 엄니로 단단히 물었다.

그의 온몸에서 연기가 피어올랐다. 검에서 뿜어져 나오는 빛은 여전히 강렬했다.

"으으…………!"

갈라틴과 눈이 마주쳤다.

——살해당한다.

나는 확실하게 느꼈다.

갈라틴의 눈에 깃든 살의, 그리고 그가 입에 문 검.

마치 양쪽 모두 나를 죽이기 위해 그곳에 존재하는 것 같은 착각이 들었다.

하지만 갈라틴은 고개를 저었다.

그러고는 괴로운 듯 포효하더니 어둠 속으로 자취를 감추었다.

"아······."

내 의식은 거기서 끊어졌다.

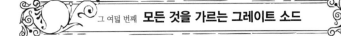

정신을 차리고 보니 침대 위였다.

어떤 강렬한 냄새 때문에 강제로 눈이 떠졌다.

실내 인테리어라고 하기에도 민망한 내부 인테리어를 통해 이곳이 던전 앞에 있는 간이 숙박소임을 알 수 있었다. 하지만 이 강렬한 냄새의 정체는 알 수 없었다. 보통 여러 명이서 함께 숙박하는 이 거대한 텐트에 지금은 나 혼자뿐———.

인가 싶었는데, 릴이 책상에 앉아 무언가를 하고 있었다.

"음? 일어났는가, 코테츠."

"어, 안녕. 근데 지금 뭐 하고 있어?"

"약을 만드는 중이다. 설명서대로 만들었으니 문제는 없다."

"그거, 먹는 약이야?"

"바르는 약이다."

대체 무슨 약인가 싶었는데, 아무래도 내 몸에 바를 약인가 보다.

이제 보니 붕대가 내 온몸을 빙글빙글 휘감고 있었다. 내가 어쩌다 이 지경이 됐는지 생각해 보다가 문득 그때 그 광경이 떠올랐다.

몸에서 거대한 검을 꺼낸 갈라틴이 빛을 내뿜는 강력한 일격을 가했다. 그건 이미 참격의 수준을 아득히 초월했다. 마법, 아니, 그보다 더 강대한, 재앙과도 같은 공격이었다.

그런 공격을 받으면 누구든 간에——.

"릴! 아리체랑 가 씨는?!"

"무사하다. 걱정 마라."

릴은 그렇게 말하며 휘휘 저은 액체를 반창고에 발랐다.

"있잖아, 릴. 이거 진짜 바르는 약 맞아? 왠지 좀 붉은 것 같은데? 그리고 웬 이상한 알갱이도 들어가 있고."

"정 바르는 게 싫다면 먹어도 된다만?"

"아니, 사양할게."

"자, 붕대를 풀어라, 코테츠. 이걸 발라 줄 테니."

"됐어. 내가 할게."

"그런 부상을 입은 몸으로 어떻게 하겠다는 거냐."

릴의 지적에 나는 내 몸을 확인했다. 얼굴에서 느껴지는 얼얼한 느낌 외에도, 흉부에 열상과 화상처럼 생긴 상처 자국이 있었다. 왼팔은 아예 움직일 수 없었고, 오른팔은 살짝 움직이기만 했을 뿐인데도 격통이 일었다. 그리고 허벅지 쪽에도 화상을 입은 것 같았다.

"크크크……. 이번엔 내가 네놈을 벗길 차례다."

투구 속에 있는 얼굴이 웃고 있었다.

아직도 그 일 때문에 꽁해 있던 건가.

하지만 부상을 당한 나로서는 아무런 저항도 할 수 없었다. 릴이 내 몸을 홀딱 벗기다시피 하더니 약을 바른 헝겊을 내 몸에다 붙였다. 엄청 쓰라렸다.

"으으으으으······!"

차라리 먹는 게 더 낫지 않았을까 싶을 정도의 격통 속에서 나는 몸을 떨었다.

침대 시트를 붙잡고 필사적으로 통증을 참는 나에게 릴이 지금까지 있었던 일들을 설명해 주었다.

"듣자 하니 갈라틴이 터무니없는 공격을 가한 모양이더군. 그걸 네가 막으려다가 공격이 살짝 빗나간 덕분에 다들 무사했다."

"다들······."

그럼 백토도 무사하다는 말인가.

"백토는 생포했다. 가 씨가 어디론가 연행해 갔으니 더는 해를 끼치지 못하겠지."

"해를 끼치지 못한다고? 그럼, 갈라틴은——?"

"네놈의 고향에는 '백문이 불여일견'이라는 격언이 있다지? 직접 눈으로 보는 게 어떠냐?"

"?"

릴이 창밖을 가리켰다. 나는 자리에서 일어났다. 콧물이 줄줄 흐를 것만 같은 격통이 느껴졌지만 호기심이 더 강했다.

창밖을 내다봤는데 아무것도 없었다.

있는 거라곤 상점가의 잔해였다. 깨진 지붕 파편과 누가 버린 쓰레기가 바닥에 떨어져 있을 뿐, 그 외에는 평지밖에 없었다.

던전이 없었다.

그 커다란 구조물을 내가 못 보고 놓쳤을 리 없다.

거대한 돔이 있던 장소에는 숲과 산이 있었다. 불과 한 달 반

전에 보았던 광경과 완전히 똑같았다.

저 멀리서 레온몰도 보였다. 던전 내부에 있던 위치와는 방향이 달랐다. 저것도 다시 원래 장소로 돌아왔구나.

"던전은 어디로 사라졌는데?"

"사라졌다. 백토가 쓰러진 순간에 말이지."

"그럼, 역시 그 던전은 백토가 만든 건가……."

대체 왜 그런 짓을 한 거지?

"아직 밝혀지지 않은 부분이 이것저것 있지만, 일단은 돌아가도록 하지. 다들 네가 돌아오기를 기다리고 있으니까."

"그래, 간병해 줘서 고마워."

나는 릴에게 고개를 숙였다.

"착각하지 마라. 네놈이 죽으면 스승님이 슬퍼하실 테니 간병해 줬을 뿐이다."

"그래?"

"지금 우리 집의 부엌을 담당하고 있는 건 네놈이 아니냐. 네놈이 죽으면 누가 밥을 만들어 주지?"

"……뭐, 날 필요로 하는 건 기쁘긴 한데, 오늘은 좀 봐줘. 밥지을 기력조차 없다고."

"그러냐……."

릴은 실망하는 기색이 역력했다. 아니, 진짜로 밥 만들라고 시킬 생각이었냐.

레디나이트 성시로 돌아오자, 생각했던 것보다 훨씬 많은 사람이 날 맞이해 주었다.

"코테츠!"

성시 입구에서 에란티가 느닷없이 나를 끌어안았다.

"얼마나 걱정했는지 알아! 죽을 뻔했다는 게 사실이야?!"

"사, 사실이야…… 사실이니까 일단 좀 떨어져……!"

그 거대한 가슴이 밀착하는 바람에 몸에 바른 약이 상처를 헤집으며 격통이 일었다. 기쁨과 아픔이 동시에 느껴지는 최악의 상태였다.

"아아아, 미안. 그래도 정말로 다행이야. 후유증도 없는 것 같고."

에란티가 살짝 눈물을 머금었다. 걱정을 끼쳐 미안할 따름이었다.

"우오오오옷! 코테츠!!"

"코테츠 군~!"

그리고 로제와 케이티 씨 등, 나를 아는 사람들이 차례로 날 끌어안았다. 나는 어느새 여러 명에게 둘러싸인 채 실시간으로 환부를 압박받는 신세가 되었다. 통증 때문에 의식이 흐릿해질 지경이었다.

"이야~ 코테츠 군이 살아 있어서 정말로 다행이야."

마지막으로 상업 길드의 길드장이 다가와 내 어깨를 탁탁 두드렸다.

"우리 레디나이트 성시의 영웅이 죽으면 뒷맛이 영 씁쓸해서 말이지."

"영웅이라니…… 그게 무슨 말씀이죠?"

"뭔 풍딴지같은 소리야. 던전을 공략한 건 자네가 아닌가. 정체를 알 수 없는 구조물을 없애고 숲을 다시 원래대로 되돌린 건 자네잖나? 아리체랑 가 씨가 그랬는데?"

"아아……."

얘기가 그렇게 되어 있구나.

백토가 만든 던전이 사라졌으니 공략이 완료된 걸로 치는 건가.

사실 던전을 없앤 사람은 내가 아니다. 갈라틴이 백토를 막았기에 던전이 사라진 것이다.

"그리고 코테츠 군이 죽으면 누가 포상금을 타겠어."

"어, 포상금이요?"

"몰랐어? 던전을 공략한 던전 파티에겐 2억 가츠를 준다더군."

그러고 보니 그런 얘기가 있었다. 나랑은 상관없는 일이라고 여겼기에 까맣게 잊고 있었다.

"브라더, 난 네가 언젠가는 크게 한 건 할 남자일 줄 알았어."

로제가 내 어깨에다 팔을 휘감았다. 그렇군. 그의 속셈을 대강 알 수 있었다. 내 주위에 있는 녀석들 대부분은 돈을 노리고 모여들었나 보군.

설마 케이티 씨도——?

"코테츠 군, 지금이라도 모험자 다시 시작해 보지 않을래요~? 코테츠 군의 실력이면 그 어떤 퀘스트도 문제없을 거예요~."

아, 그녀는 그게 목적인가.

"죄송해요, 케이티 씨. 전 지금 해야 할 일이 있어서요."

나는 고개를 숙이고 정중히 거절했다.

"자, 이만 돌아가자, 에란티."

"응."

에란티가 내 뒤를 따라왔다. 릴은 이미 짐을 가지고 돌아갔다. 우리도 얼른 돌아가서 아리체에게 보고를 해야지.

"그런데, 코테츠. 포상금 2억 가츠 말인데."

뒤에서 따라오던 에란티가 흥얼거리며 입을 열었다.

"뭐야. 설마 내놓으라는 건 아니겠지?"

"내놓으라곤 하지 않겠지만, 나한테 자산 운용을 맡겨 보지 않을래? 2년 뒤에는 갑절로 불릴 자신이 있거든!"

"말은 믿음직스럽게 들리지만, 무진장 불안하니까 됐어."

요즘 에란티는 돈 그 자체를 좋아한다기보다는 돈을 굴리는 걸 좋아하게 된 것 같다.

그리운 본점으로 돌아오니, 불타고 있었다.

"……어?"

앞쪽 점포 공간이 아니라 뒤쪽 주거 공간에서 불길이 치솟았다. 대체 무슨 일이 일어났는지 내가 물어보기도 전에, 가게 앞에서 가 씨가 눈에서 물을 분사하며 설명해 주었다.

"어서 와라, 코테츠."

"갑자기 웬 불이야?!"

"아리체가 요리를 하다가 이렇게 됐다."

"그랬구나."

이해했다. 그 아리체는 앞치마를 두른 채 가 씨의 옆에서 오열하고 있었다. 둘 다 무사해서 다행이었다.

엉엉 울던 아리체가 내가 왔음을 알아차리고는 허둥지둥 스케치북으로 얼굴을 가렸다.

[이건 오해야, 코테츠. 일부러 그런 게 아니야. 냄비에 불을 좀 붙였더니 이렇게 된 거야. 정말이야.]

우리 여신님이 필사적으로 변명했다.

분명 내가 쾌차했음을 축하하기 위해 요리를 만들려고 했나 보군.

그 마음만으로도 충분했다.

"아리체, 다녀왔어."

내가 그녀의 머리를 쓰다듬어 주었다.

[어서 와, 코테츠.]

그렇게 말하고 나서야 아리체의 얼굴에 웃음이 돌아왔다.

가 씨가 있으니 화재는 걱정하지 않아도 된다. 분명 조금만 있으면 진화될 테지. 문제는 부엌이다. 최소한 오늘은 영 못 쓰겠는데. 밤에 청소를 시작하면 내일 아침 식사는 가능할지도 모른다.

"어쩔 수 없지. 오늘은 외식이나 할까?"

나는 그렇게 말하며 가게 안으로 들어갔다.

늘 보던 가게 내부 풍경이 펼쳐졌다. 불에 탄 곳은 한 군데도 없었다. 다만 대부분의 무기는 지점 쪽에 둔 탓에 지금은 진열대가 텅 비다시피 했다.

그 외에 화재 피해를 받은 부분은 없는지 확인을 하던 때였다 ──.

"어?! 누구세요?!"

텅 빈 진열대 사이에 누군가가 서 있었다.

설마 손님이 왔었나? 불이 났는데 왜 도망치지 않았던 거지?

"괜찮으세요?!"

서둘러 가게 안으로 들어가 그 인물과 주위를 확인해 보았다. 다행히 가 씨가 조기에 진화를 해 준 덕분에 피해가 가게 내부에까지는 미치지 않았다. 하지만 연기 냄새는 여기에서도 났기에 불이 났다는 사실을 모를 리 없었을 텐데.

뒤이어 다른 사람들도 가게 안으로 들어왔다.

"왜 그래, 코테츠. 앗, 이 사람은……!"

에란티가 손님을 손가락으로 가리켰다.

다시금 그 사람을 확인해 보았다. 로브를 입은 여성이었는데, 베일로 얼굴을 가리고 있어서 표정은 알 수 없었다. 적어도 모험자 중에 이 정도로 호화로운 옷을 입고 다니는 사람은 없다.

어디 귀족 출신인가. 아니면 왕족이 길을 잃은 건가.

어쩌면 던전 공략 포상금 때문에 성에서 온 사람일지도 모른다.

속으로 이런저런 생각을 하고 있을 때, 또 다른 위화감이 들었다.

왠지 이 여성의 몸에서 빛이 나고 있는 것 같은 느낌이 드는데.

아니, 기분 탓이 아니었다. 어슴푸레한 빛을 발하고 있었다.

게다가 그녀의 몸이 반투명하게 보였다.

유령인가?

왠지 이런 쪽은 아리체가 잘 알 것 같은데.

"저기, 아리체. 이 사람——."

내가 물어보기도 전에 아리체가 뛰어왔다.

"여신님!"

아리체가 빛을 발하는 여성에게 안기려고 했다. 하지만 아리체는 그녀의 몸을 그대로 통과했고, 이내 바닥에 꽈당 넘어지고 말았다. 바닥에 얼굴을 박고 아파하는 아리체의 모습에 빛을 발하는 여성도 당황한 기색이었다.

"괘, 괜찮으세요, 아리체?"

목소리는 느긋하고 차분했지만 당황한 기색이 역력했다.

그런데, 아까 아리체가 그녀를 뭐라고 불렀더라?

여신님——?

"처음 뵙겠습니다. 여러분의 상황은 천계에서 잘 보고 있답니다. 아리체에게 잘 대해 주셔서 진심으로 감사드려요."

화재로부터 무사했던 객실로 여신님을 안내한 후, 일단 예의상 차를 내왔다.

여신님은 우리에게 미소를 지으며 정중하게 고개를 숙였다. 신이라는 존재가 이렇게 깍듯한 태도로 대하니 몸 둘 바를 모르겠다.

하지만 같은 여신인 아리체랑 오랜 세월 같이 살다 보니 딱히 거부감은 들지 않았다. 꼭 아리체의 어머니 같은 여신님이라고 나 할까?

"그리고 이번엔 백토를 붙잡는 데 협력해 주셔서 진심으로 감사드려요."

"아, 맞다. 그 이후로 백토는 어떻게 되었나요?"

"백토는 저희 쪽에서 가두어 놓았어요. 이 이상 악행을 저지르게 내버려 둘 순 없으니까요."

"그렇군요……."

백토가 천계에 있다고 하니 마음이 놓였다. 이제 다시는 이상한 던전을 만들거나 새까만 매직 아이템을 뿌리고 다니지는 못할 테지.

여신님의 말을 들은 나는 모두가 마실 수 있도록 추가로 차를 내왔다.

왠지 얘기가 길어질 것 같았기 때문이다.

모두가 자리에 앉아 잠시 한숨 돌리고 있을 때였다. 그녀가 이렇게 화두를 꺼냈다.

"──이 모든 사태는 백토가 원인이었어요."

여신님이 서글픈 투로 말했다.

"제가 만든 검을 백토가 가지고 달아난 게 모든 일의 시작이었죠."

[몰랐어.]

아리체도 깜짝 놀란 기색이었다. 그녀의 사형이 스승의 무기를 가지고 달아났으니까 말이다.

"이유는 저도 모르겠어요. 저를 골탕 먹이고 싶었던 건지, 아니면 제 기술을 훔치고 싶었던 건지——. 좌우지간, 백토는 제 검을 빼앗아 인간계로 가려고 했어요."

"의외로 보안은 허술했나 보네."

"야, 에란티. 그건 실례잖아!"

"아, 미안. 나도 모르게 인간 기준으로 생각했지 뭐야. 천계는 신이 사는 곳이니 애초에 나쁜 사람도 없겠지."

"에란티 씨의 말씀대로 악한 자가 적은 건 사실이지만, 경비하는 자는 제대로 있었어요. 그들은 백토를 추격해서 싸움을 벌였죠. 하지만 백토는 제 검을 가지고 있었고요."

그렇군. 경비하는 신도 제대로 있었지만, 백토가 그들을 능가할 정도의 무기를 훔쳤단 말인가. 역시 아리체의 스승답군.

"그때의 싸움 때문에 백토는 무기를 인간계에 떨어뜨리고 말았어요."

"아하, 그렇게 된 거였구나!"

이제야 이해가 갔다.

"백토가 도난품을 미처 회수하기 전에 갈라틴이 먼저 주웠던 거였어!"

갈라틴이 우연히 주운 매직 아이템이 바로 여신의 검이었다. 그런 게 대체 어떤 경위로 인간계에 떨어졌는지 줄곧 궁금했었는데 그렇게 된 거였나.

"그랬군. 그래서 백토가 갈라틴을 쫓았던 거겠지. 스승님처럼."

릴의 의견에 나는 다시금 생각에 잠겼다.

"응? 그렇다는 말은, 백토도 여신님의 검을 가져가려고 했던 건가……?"

생각하던 와중에 갑자기 소름이 끼쳤다.

[코테츠, 왜 그래?]

아리체가 걱정 어린 표정으로 나를 쳐다보았다.

"……아리체, 넌 여신님의 검을 갈라틴으로부터 되찾기 위해 무기점을 시작했지?"

[그 방법이 좋을 거라고 한 사람은 너였잖아.]

"맞아. 일반적인 방법으로는 도저히 이길 수 없는 갈라틴을 쓰러뜨리기 위해, 수많은 사람에게 무기를 사용하게끔 하고 피드백을 받아 왔지."

그것이 바로 렌탈 무기점 아리체의 운영 방침이다.

"그럼, 백토는? 그 녀석이 무슨 짓을 해 왔는지 다들 기억하고 있지?"

내 물음에 다들 화들짝 놀랐다.

[만약 그 새까만 매직 아이템을 만든 장본인이 백토라면, 그것도 갈라틴을 쓰러뜨리기 위해서 그랬던 거야?]

"맞아. 우리가 백토랑 싸웠을 적에 그 녀석이 쓰던 까만색 무기는 오직 갈라틴을 쓰러뜨릴 목적으로 만든 거였어. 그래서 아리체의 방패로 쉽게 방어할 수 있었던 거고."

"그럼, 백토가 새까만 매직 아이템을 만들어 여기저기 퍼뜨린 건 갈라틴을 쓰러뜨리기 위해서였구나……. 그걸 마물이 주우면 흉악해지는 거였고."

"강력한 매직 아이템을 만들어 갈라틴을 쓰러뜨리기 위해 마물에게 건넨다……."

"그거…… 아리체랑 똑같잖아!"

에란티의 외침에 나는 고개를 끄덕였다.

여신님도 잠시 고개를 숙였다가 살짝 미소 지었다.

마물에게 무기를 빌려 주는 '어둠의 렌탈 무기점'이라고나 할까.

"맞아요. 목적도 수단도 같은데, 아리체랑 백토가 서로 이렇게 다른 결과를 맞이하게 될 줄은 몰랐어요…… 흥미로운 얘기지만, 아무래도 같은 식구 사이이다 보니 심경이 복잡하네요."

"요컨대 아리체는 좋은 아이고, 백토는 나쁜 아이라는 거지?"

효율성을 그 무엇보다 중시하는 에란티가 딱 잘라서 대놓고 말했다. 그녀의 의견은 타당했다. 백토가 마물에게 무기를 건넨 탓에 수많은 사람과 동물이 피해를 보게 되었다. 어디까지나 목적과 수단만 같았을 뿐, 결과는 하늘과 땅 차이였다.

"그 거대한 던전도 갈라틴을 잡기 위한 일종의 장치였구나."

[좀 지나치긴 했지만, 그래도 방법은 효과적이었어. 갈라틴은 숲의 동물과 마물을 지키기 위해 싸우고 있으니까.]

백토의 유일한 오산은 모험자와 우리가 여기까지 올 줄은 몰랐다는 것이다. 설령 우리가 백토를 쓰러뜨리지 못했더라도 분명 케이티 씨와 같은 뛰어난 모험자가 던전을 공략했을 것이다.

이 모든 건 갈라틴을 잡기 위함이었다.

노력——. 이걸 노력이라고 해도 되는지 모르겠지만. 뭐, 상관없겠지. 백토도 빼앗은 검을 되찾기 위해 최대한 노력했다. 그리고 그 결과, 나와 갈라틴에게 제압당했다.

역시나 '사용하기 나름'이란 말이지.

본디 무기란 그런 것이다.

"걱정 마세요. 백토는 이제 두 번 다시 악행을 저지를 수 없으니까요. 문제는…… 갈라틴 쪽이죠."

그렇다. 문제는 그쪽이다.

갈라틴이 가지고 있는 여신의 검.

눈부신 빛을 내뿜고 모든 것을 가르는—— 아니, 굳이 따지자면 지워 버리는 쪽에 가깝지만 말이다. 어쨌든 그만한 위력을 자랑하는 검이었다.

그때의 광경이 되살아났다.

나는 갈라틴의 공격을 받치 않았다.

그 검 끝을 아슬아슬하게 튼 덕분에, 그 빛은 나와 백토를 크게 비껴 나가 머리 위쪽으로 날아갔다.

그런데도 나는 최소 한나절 이상은 정신을 잃었을 정도의 부상을 입었다.

"상대가 여신의 검이니……."

아무리 아리체의 스승이 만든 무기라 해도, 신이 만든 무기라 해도, 정말이지 상상조차 할 수 없는 성능이었다. 말 그대로 인간의 영역을 초월한 그 무기를, 과연 인간이 당해 낼 수 있을까.

"그건 보통 검이 아니에요. 여신인 제가 만든 무기인데다, 백토의 사념과 갈라틴의 분노가 더해졌으니까요. 마음의 힘을 오라로 바꾸는 능력을 지닌 백토 때문에 원래보다 위력이 대폭 상승했죠."

갈라틴이 그 새까만 오라를 내뿜는다는 말인가. 하긴, 그동안 수많은 매직 아이템을 삼켜 온 갈라틴이다. 그 정도는 하고도 남을 것이다.

다시 말해, 이 세계에서 최강일 뿐만 아니라 천계에서도 감당하기 힘든 정도의 무기가 되었단 말인가.

"방패로 막을 수 있나 모르겠네."

나는 팔짱을 낀 채 생각에 잠겼다.

"그보단 갈라틴을 쓰러뜨리는 게 더 빠르지 않을까? 그렇잖아도 내가 요즘 코르크스노우 씨로부터 약 만드는 방법을 이것저것 배운 참인데, 수면제라도 만들어 줄까?"

"오, 그거 좋은데?"

에란티의 생각도 나쁘지 않았다. 하지만 그 공격을 막을 방법을 강구해야 했다.

"나도 방패를 개량해 보겠다. 스승님과 둘이서 힘을 모으면 강도가 어느 정도는 올라가겠지."

[그 외에도 갑옷을 활용하거나, 갈라틴으로부터 몸을 지킬 다른 방법을 찾아보자. 그리고 백토의 기술을 이용해 갈라틴에게도 먹히는 날을 만들어 볼게.]

릴의 의견에 아리체가 곧바로 방안을 내놓았다.

격렬한 싸움이 예상되었다.

"저어…… 여러분."

여신님이 머뭇거리며 손을 들어 올렸다.

"저기, 한창 말씀하시는 중에 죄송하지만…… 실은 굳이 여러분께서 갈라틴을 쓰러뜨리실 것까지는 없어요."

"엑?!"

모두가 여신님을 쳐다보았다.

"너, 너무 그렇게 놀라지들 마세요……. 이 모든 원인은 저에게 있어요. 게다가 이제 갈라틴의 힘은 신의 영역에 필적하려 하고 있죠. 이렇게 되면 천계의 인원을 투입해 쓰러뜨려야 해요."

"그건 좀──."

우리는 경악했다.

어라, 근데 어째서지?

여신님이 갈라틴을 퇴치해 주겠다는데, 왜 다들 못마땅한 表정을 짓고 있을까.

이제는 신이 나서서 해결해야 할 정도로 일이 커졌으니 우리가 어떻게 할 수 있는 문제가 아닐 텐데도 말이다.

그런데도── 우리는 왜 우리가 해결할 수 있을 거라 여기는 걸까.

[여신님.]

아리체가 천천히 글자를 써서 여신님에게 보여 주었다.

[부탁드려요. 이번 일은 저희에게 맡겨 주세요.]

"어째서죠?"

[이건 제가 해야 할 일이니까요.]

"괜찮아요, 아리체. 이번 일로 당신을 책망할 마음은 없어요. 오히려 원흉인 백토를 붙잡아 줘서 감사할 따름이랍니다. 이제 뒷일은 저한테 맡겨 주세요."

[그게 아니에요.]

"?"

아리체는 생각하고, 생각하고, 또 생각한 끝에 펜을 움직였다. 조용한 거실에서 긴 문장을 적는 소리만이 들려왔다.

아리체가 글을 적는 동안 우리는 한마디도 하지 않았다. 분명 아리체는 우리와 같은 생각을 하고 있을 테니까 말이다.

이윽고 아리체가 스케치북을 보여 주었다.

[코테츠의 가문에는 이런 말이 있어요. '남자는 한번 시작한 일은 끝장을 봐야 한다' 라고요. 이건 여자든, 여신이든 마찬가지라고 봐요.]

아리체……. 우리 집에서 쓰는 격언을 기억하고 있었구나.

[그리고 대장일도 마찬가지예요. 마지막 작업을 다른 사람에게 맡길 순 없어요. 저는, 그런 어수룩한 장인이 되기 싫어요.]

"아리체……."

"부탁드립니다, 여신님."

할 말을 잃은 여신님 앞에 서서 나도 고개를 숙였다.

"아리체에게, 아니, 저희에게 기회를 주세요. 저희가 이번 일을 마무리 지을 수 있게 해 주세요."

"코테츠 씨……라고 했던가요?"

여신님이 미소 지으며 그렇게 물었다.

"왜 그렇게까지 아리체를 돕는 건가요?"

상냥한 투로 묻는 그 질문 속에는 아마 또 다른 의미도 숨겨져 있을 것이다. 이건 여신이 나설 일이지, 인간인 내가 주제넘게 나설 일이 아니라고 말이다.

그렇지만 나는 아리체의 힘이 되고 싶었다.

그 이유는——.

"저는…… 아리체의 수제자이자, 가족이자, 동료니까요."

어디서부터 얘기를 해야 할지 몰라서 그냥 처음부터 얘기하기로 했다.

"처음엔 아리체가 만든 무기에 매료되어 제자로 들어갔어요. 이런 대단한 무기를 만드는 천재 밑에서 일할 수 있어 무척이나 기뻤죠."

첫 만남은 최악이었다.

갈라틴에게 뼛속까지 털리고 도망치던 와중에, 아리체와 가 씨가 나타나 '힘을 원하는가——.' 라고 말하며 무기를 제공했다.

비록 이기지는 못했지만, 만약 그때 내가 무기와 갑옷을 빌리지 않았으면 분명 죽었을 테지.

"하지만 같이 일하면서 알게 되었어요. 아리체는 천재지만, 그렇다고 노력을 게을리 하지도 않아요. 고민하고, 고생하고, 빠릿빠릿하게 움직이고, 뜨겁게 달군 철을 두드린 다음에야 무기를 만들 수 있으니까요."

그건 분명 여신님도 마찬가지겠지.

무언가를 만들려면 그에 상응하는 수고가 필요하다. 백토에게 빼앗긴 무기도 기나긴 세월을 들여 만들었을 것이다. 그렇기에 아리체는 그것을 되찾기 위해 분발해 왔다.

그렇다. 그게 무엇이든 간에 무언가를 만드는 건 힘든 일이다.

"여기서 일을 관두면 지금까지 들였던 노고가 수포로 돌아가고 말 거예요. 장인으로서 그보다 더한 굴욕은 없겠죠."

옆쪽을 보다가 아리체와 눈이 마주쳤다.

나는 그녀에게 고개를 끄덕인 다음 여신님에게 고개를 숙였다.

"부탁드립니다. 저희에게 조금만 더 시간을 주실 수 없을까요? 갈라틴을 토벌하는 건, 저와 아리체의 비원이니까요."

기나긴 시간이 흘렀다.

지금 여신님은 나를 내려다보면서 어떤 표정을 짓고 있을까.

그나저나 나란 놈은 신이라는 존재 앞에서 대체 무슨 태도를 취하고 있는 건지 원.

"부탁드립니다. 스승님의 무기는 아직 완성되지 않았습니다. 저도 대장장이로서 제 스승님이 만든 최고의 무기가 탄생하는 순간을 보고 싶습니다."

내 옆에서 릴이 부탁했다.

"저, 저도 부탁드릴게요! 이건 아리체만의 일이 아닌, 저와 코테츠와 릴과 가 씨의 일이기도 해요! 일을 완수하지 못한 장인은 신뢰받지 못하니까요!"

에란티마저 나섰다.

"……후우."

여신님의 한숨 소리에 나도 모르게 고개를 들어 올렸다.

"여러분의 말씀은 잘~ 알았어요. 여러분은 아리체를 소중히 대하고 계시는군요."

"네, 네!"

나는 직립 부동자세를 취했다.

"다른 분들의 얼굴만 봐도 알겠어요. 끝까지 하고 싶다는 간절한 마음이 전해져 오네요."

"그럼——."

"하지만, 전해진 건 마음뿐이에요. 실제로 제 검을 가진 갈라틴을 무슨 수로 쓰러뜨릴지, 아직 그 방법은 듣지 못했어요."

"그, 그건……."

나는 말끝을 흐렸다.

"의욕만 있다고 성과를 낼 순 없어요. 불과 얼마 전이었다면 또 모를까, 만약 여러분이 지금의 갈라틴을 능가하고자 한다면 —— 그건 저를 능가하겠다는 말과 같아요."

"여신님을, 능가하는……!"

"잘 들으세요, 아리체. 그럼 약간의 말미를 드리도록 할게요. 그동안에 갈라틴이 가진 제 검과 결판을 내 보세요."

[여신님…….]

아리체는 몸을 움츠렸지만, 곧바로 힘찬 눈빛으로 여신을 쳐다보았다.

"네!"

아리체가 청아한 목소리로 대답했다.

"대답 잘했어요. 저를 훌륭히 뛰어넘었을 땐, 천계에서의 지위도 약속할게요. 단, 제 검을 능가하지 못했을 경우엔——뭐, 따로 벌칙은 없어요. 다만 아리체의 자긍심에 상처가 생기겠지만요."

애초부터 승산이 희박한 상대와 결판을 내야 하는 만큼, 일단 부딪쳐 보는 마음가짐이 중요하다.

하지만 상대는 갈라틴이다. 부딪쳐 보는 건 좋지만, 그렇다고 돌아올 수 없는 강을 건너선 안 된다.

"좋~았어. 해 보자! 이게 마지막 싸움이야!"

"오오!"

모두가 주먹을 들어 올렸다.

"자, 이제 목표도 정해졌으니 배를 가득 채워야지! 내가 분발해서 밥을 만들——."

거기까지 말하다가 알아차렸다.

현재 부엌이 잿더미가 되었다는 사실을 말이다.

[으으, 미안해…….]

"어쩔 수 없지. 그럼 사 가지고 올게. 오늘은 여신님도 있고 기합도 잔뜩 넣고 싶으니, 실컷 호화로운 저녁 식사를 즐겨 보자고!"

"찬성~!"

에란티가 쌍수를 들며 내 제안을 반겼다. 물론 아리체도 릴도 기뻐하는 기색이었다.

"저, 저기, 저도 포함인가요……?"

그런 와중에 여신님이 머뭇거리며 손을 들어 올렸다.

"그야, 여신님도 모처럼 여기까지 오셨는데 뭐라도 좀 드시고 가시는 게 좋지 않을까요?"

"아뇨, 굳이 그러실 것까진 없어요."

"저희 가문에는 '손님에 대한 대접은 외모를 관리하는 것보다 더 중요하다'는 격언이 있거든요. 어쨌거나 여기까지 오셨으니 잘 대접하고 보내드려야죠."

"잠깐만, 코테츠. 손님은 스승님의 스승님이다. 괜히 어중간한 요리를 사 오는 것보다는 차라리 다 같이 외식하러 가는 게 나을 수도 있다."

"릴의 말도 일리가 있어. 하지만 이번엔 식재료를 사다가 정원에서 요리해 먹을까 싶거든. 이러면 굳이 부엌을 쓰지 않아도 되고."

"아, 그럼 마물 고기 남은 거 쓰자! 저번의 그 냄비 이벤트 때 요리를 본업으로 삼는 사람이 요령을 가르쳐 줬거든!"

점점 더 많은 아이디어가 나왔다.

좋아서. 이만하면 여신님께 충분히 잘 대접해 드릴 수 있겠군!

"저기, 아리체. 전 영체 상태라서 음식을 먹을 수 없다는 말을 하고 싶은데요⋯⋯."

[죄송해요. 여신님. 코테츠는 한번 하기로 마음먹은 일은 끝장을 봐야 하는 성격이라서요.]

"그건 당신도 마찬가지랍니다, 아리체."

설마 뒤에서 그런 대화가 오갔을 줄은, 나는 꿈에도 몰랐다.

무기에도 다양한 종류가 있다.

무기의 형태를 말하는 게 아니다. 제작자다.

예를 들어 내가 검을 만들었다고 치자. 그러면 어째선지 그것으로는 식재료밖에 자를 수 없다.

백토가 만든 무기는 갈라틴에게 특화되어 있지만, 매직 아이템은 생물을 흉악하게 만드는 힘을 지녔다.

그럼 아리체가 만든 무기는 어떨까.

그녀와 처음 만났을 적에, 나는 왜 그녀가 만든 무기에 이끌렸던 걸까.

그건 바로, 사용하고 있으면 기분이 좋기 때문이다.

실제로 편의성도 좋다. 아리체가 만든 무기는 손잡이를 쥐었을 때 손에 착 감기듯 그립감이 뛰어나며, 무게도 적당해서 휘두를 때 팔이 그 무기에 끌려간다는 느낌도 들지 않는다. 자신의 팔처럼 휘두를 수 있는 것이다.

하지만 내가 마음에 든 건 그 부분이 아니다.

좀 이상하게 들릴지도 모르겠지만, 아리체가 만든 무기를 사용하고 있으면 그녀의 다정함이 전해져 온다.

무기란 폭력의 상징인데. 누군가를 해치기 위해 존재하는 것인데.

그것을 다시금 확인하기 위해 나는 가게 밖에서 공격력 측정 장치가 놓여 있는 정원에 섰다.

"간다, 코테츠."

"그래, 언제든지 와!"

릴의 호령에 맞춰 나는 방패를 들었다.

위에서 베어 내린 검이 아리체의 최신식 방패를 멋지게 두 동 강으로 갈랐다.

"오오오오……!"

예리함이 굉장했다.

릴도 그다지 힘을 들이지 않았는데 마치 과일 자르듯 두 동강 을 냈다.

이 방패는 최강의 방어력을 자랑했다. 우리 가게에서 취급하 는 S랭크 무기로도 흠집 하나 낼 수 없었으니까 말이다.

"여신의 검이란 참으로 무시무시한 위력을 지녔군. 복제품으 로도 이만한 위력을 발휘할 줄이야."

릴이 거대한 검을 들어 올리며 감탄했다. 그녀의 키와 비슷한 크기의 검인데도 불구하고 가볍게 들어 올리는 모습이었다. 검 그 자체가 가볍기 때문이다.

이건 여신님으로부터 제작법을 배운 아리체가 만들었다. 같 은 재료와 같은 제련법으로 만들어도, 만든 사람이 다르면 그 결과물도 다르기 마련이다. 하지만 여신님보다 실력이 몇 단계 는 낮다고 하는 아리체가 만들었는데도 이만한 위력을 발휘할 줄이야.

확실히 갈라틴이 가진 진품은 이것과도 차원이 다르다.

저번에 봤던 그 빛의 오라가 없었다. 그 오라를 휘감은 검이 자아내는 참격은 성 하나 정도는 눈 깜짝할 사이에 날려 버릴 만한 위력을 지녔을 것이다.

"이런 걸 대체 무슨 수로 막아 내라는 거야……!"

"그러니 스승님께서 불철주야로 분발하고 계시지 않은가. 슬슬 새로운 무기가 완성될 때가 됐으니 조금만 더 기다려 봐라."

"아리체는 괜찮나 모르겠네. 물은 제대로 마시는지도 걱정이야."

"걱정하는 건 좋지만, 그렇다고 과보호는 금물이다."

릴이 검을 놓더니 입가에 손을 댔다. 웃고 있는 건가.

"그건 그렇고 여신님 앞에서 네놈이 그렇게까지 말할 줄은 몰랐다……. 후후후, 지금 다시 생각해 봐도 웃음이 나오는군."

"웃지 마!"

"대장장이의 여신 앞에서 그렇게까지 큰소리치다니 대단해. 아니, 생각해 보니 네놈은 원래부터 그런 녀석이었지."

으으으, 분위기 타고 괜히 그런 말을 하는 바람에.

말을 하더라도 좀 더 신중하게 표현했으면 좋았을 텐데.

"코테츠~ 오래 기다렸지?"

내 속이 부글부글 끓고 있을 때였다. 에란티가 뒷문으로 나왔다. 둘이서 만들었다고 하는 새로운 무기를 들고 있었다. 이번에는 날이 톱처럼 생긴 양손 검이었다.

[코테츠, 오래 기다렸지? 이제야 완성했어.]

아리체도 함께 왔다.

"그래, 고마워."

내가 둘에게 손을 흔들었을 때였다.

"앗!"

에란티가 아무것도 없는 바닥에서 미끄러져 넘어졌다.

손에 들고 있던 무기가 있는 힘껏 공중을 날았다.

"간 떨어지는 줄 알았잖아!"

회전하며 날아드는 검을 엎드려 피했다. 검은 내 뒤에 설치되어 있던 공격력 측정 장치에 박히며 슬라임 인형을 절반 정도 도려냈다.

"뭐 하는 거야, 에란티!"

"으아아아……. 미, 미안해."

"나 원, 다친 사람은 없으니 다행이지만."

사과하는 에란티에게 투덜거리며 나는 슬라임 인형에 박힌 검을 쥐었다.

이건 날 부분에 약을 발라 사용하는 건가. 에란티가 개발했다고 하는 초강력 수면제랑 같이 쓰면 싸움을 유리하게 이끌 수 있겠군.

"좋은 무기야."

내가 느낀 솔직한 소감이었다.

아리체의 뛰어난 재능과 에란티의 기발한 아이디어가 합쳐져 멋지게 시너지를 일으킨 작품이었다.

[이런 상황인데도 즐겁게 작업했지 뭐야.]

아리체가 미소 지었다.

"응, 그러면 된다고 봐. 우리 할아버지도 그랬거든. 무언가를 익히는 데 가장 좋은 방법은 즐기면서 하는 거라고 말이야."

[새로운 걸 만드는 거, 엄청 좋아해.]

"그래, 나도 마찬가지야."

나와 아리체가 서로를 바라보며 고개를 끄덕였다.

"웃?!"

바로 그때였다. 나는 갑작스러운 살기를 느끼고 뒤로 잽싸게 몸을 물렸다. 조금 전까지 내가 있던 위치에 광선이 박혔다. 만약 피하지 않았다면 지금쯤 내 뒤통수는 숯덩이가 되었겠지.

"이게 무슨 짓이야, 가 씨?!"

어느새 내 뒤에 있던 석상의 눈이 빛나고 있었다.

"그게, 나도 모르게 그만."

"응, 이해해."

"어쩔 수 없지."

아니, 에란티, 릴. 너희는 왜 또 옆에서 같이 고개를 끄덕이는데.

세 사람의 기묘한 분노를 받으니 나는 어쩔 줄을 몰랐다.

"뭐야, 대체……."

이제 지쳤으니 좀 쉬도록 하자.

땀을 닦고 휴식을 취하며 나는 무기란 것에 대해 생각해 보았다.

"검이란, 참 신기해."

[그게 무슨 말이야?]

나는 여신의 검 복제품을 쥐며 그렇게 중얼거렸다.

"다른 무기—— 예를 들면 도끼나 창이나 활 같은 건 사냥할 때도 쓰잖아? 하지만 검은 오직 폭력을 행사할 때만 사용하지. 인간을 죽이기 위해 발명된 무기니까."

[그러게. 여신님도 폭력의 상징이라고 하셨어.]

"갈라틴이 그렇게까지 폭주한 것도 어쩌면 그 때문일지도 몰라. 만약에 갈라틴이 맨 먼저 주운 게 여신님의 검이 아니라 도끼나 창이었다면, 이렇게까지 되지는 않았을지도 몰라."

어디까지나 내 추측에 불과하지만 말이다.

결국 아무리 포장한들 무기는 위험한 존재다.

그리고 몸을 지킬 수단이 없는 한, 폭력의 상징——지금은 갈라틴——에게는 이길 수 없겠다는 생각이 들었다.

백토가 만들어 낸 매직 아이템에 맞서고자 갈라틴은 폭력에 손을 댔다. 그 이후로 줄곧 혼자서 싸움을 계속하는 동안 백토를 향한 분노가 점점 강해졌을 테지. 그 분노의 힘과 여신의 검이 공명한 것이다.

그 분노에 맞서려면——.

"강력한 힘에 더 강력한 힘으로 맞서는 건 잘못된 걸지도 몰라."

문득 그런 생각이 들었다.

"강력한 무기에 정면으로 맞서는 게 아니라, 허점을 찌른다고 해야 하나? 혹시나 다른 방법으로 싸울 수 있지 않을까도 싶어서."

[검에 검으로 맞서는 게 아니라, 다른 무기로 맞선다는 말이야?]

"맞아. 전장에서는 그런 경우가 흔하거든. 예리한 검을 활로 상대하는 거야 일반적인 얘기고. 하늘을 나는 마물을 제압하기 위해 굳이 자신이 날 필요는 없으니까."

"실제로 코테츠도 백토의 검에 방패로 맞섰고 말이다."

릴이 고개를 끄덕였다.

하지만 그 방패로도 갈라틴의 일격은 막아 내지 못했다.

[마침 우리도 그렇게 생각한 참이었어.]

"그치? 아리체!"

아리체랑 에란티가 나란히 고개를 끄덕였다.

이제 휴식도 다 취했으니 만든 검을 시험해 볼까. 아까 슬라임 인형에서 뽑아낸 뒤에 그 주변에다 놓아두었을 텐데.

"우왓!"

검을 들어 올린 순간, 날에 묻은 약이 내 발치에 한 방울 떨어졌다.

우왓, 신발 끄트머리가 녹고 있잖아!

게다가 검을 놓아두었던 풀에서도 이상한 냄새가 나는 연기가 피어오르고 있고?!

"이게 뭐야?!"

"아, 미안. 갈라틴의 검을 부러뜨릴 생각으로 금속을 부식시키는 약을 발라 두었거든. 설마 가죽 신발도 녹일 줄은 몰랐지만. 데헷."

"너란 녀석은 그런 위험한 걸 막 던지고 그러냐!"

에란티가 혀를 비죽 내밀며 애교를 부리듯 사과했다. 아니, 까딱 잘못했으면 진짜로 죽었겠는데.

"너 진짜! 이런 위험한 날붙이를 들고 올 땐──."

"아."

웬일로 아리체가 목소리를 냈다.

"응?"

에란티에게 호통을 치는 나를 보며 입을 벌리고 있는 게 아닌가.

"아."

그렇구나. 그랬던 거였어!

머릿속이 뻥 뚫리는 느낌이 들었다!

며칠 후.

숲속에서 움직임이 있었다고 하는 가 씨의 보고를 받고, 우리는 레디나이트 성시를 나섰다.

저번에 갔을 적에는 이동하는 데 한나절은 걸리는 유적 부근의 숲이었지만, 이번에는 훨씬 가까운 곳이었다. 불과 몇 시간만에 다다른 숲 입구에서 모험자용 도로를 따라 가 씨에게 들은 장소로 향했다.

산기슭에 있는, 강변의 자그마한 동굴이었다.

그리고 그 입구에 갈라틴이 있었다.

아마도 물을 마시려 하다가 탈진한 모양이었다. 짐승의 모습으로 강을 향해 앞발을 쭉 내민 채 쓰러져 있었다.

"다들 거기서 기다리고 있어."

내가 뒤쪽을 향해 그렇게 말했다.

그곳에는 갈라텐 군 아머를 입은 아리체와, 상자처럼 생긴 전차에 탑승한 에란티, 그리고 평소 때보다 두 배는 더 커다란 갑옷을 입은 릴이 있었다.

안전을 최우선으로 고려하다 보니 이런 장비를 착용하게 되었다.

그중에서도 가장 장비가 가벼운 내가 앞장섰다. 원래는 나 혼자서 가려고 했는데, 그녀들이 자기들도 꼭 같이 가야겠다고 나서는 바람에 어쩔 수 없이 데리고 왔다.

위험하다는 건 잘 알고 있다. 하지만 자신들이 노력한 성과를 확인하고 싶다는 심정도 이해가 갔다.

허락한 건 나다. 그러니 무슨 일이 있어도 내가 반드시 지켜야 한다.

"갈라틴, 살아 있냐?!"

내가 멀리서 말을 걸자, 갈라틴의 얼굴이 움직였다.

그는 죽은 게 아니었다. 여신의 검을 비롯해 수많은 매직 아이템을 가진 마수가 그리 쉽게 죽을 리 없다.

지금은 그냥 탈진했을 뿐이다.

무엇과 싸웠는지는 안 봐도 뻔했다. 자신의 몸 안에 있는 여신의 검과 싸웠을 테지.

"소년……!"

갈라틴이 내가 다가왔음을 알아차렸다.

그리고 그다음 불쑥 입에 담은 말은,

"…………미안하다."

놀랍게도 사과였다.

"미처 경고하지 못했다. 여기까지 다가왔다면, 이제 어쩔 도리가 없다……! 나는 너희를 죽이고 말 테지……."

그래, 그렇겠지.

여기에 오기 전부터 그런 건 알고 있었다.

길을 따라 오는 동안 그 어떤 생물도 보지 못했으니까 말이지. 동물은커녕 심지어 벌레 새끼 한 마리조차 없었다.

다들 갈라틴의 살기에 겁을 먹고 도망쳤을 테지. 인간은 느낄 수 없는 미세한 분위기를 감지하고 재빨리 숲에서 탈출한 것이다. 최근에 성시 부근에서 마물의 출몰이 증가한 건 이 때문일지도 모른다.

"으…… 으으…………!"

갈라틴이 짐승에서 인간의 모습으로 변했다. 백토 때와 달리, 내가 인간이니까 그에 맞는 모습으로 변하려고 한 걸까.

그러고는 천천히 몸을 일으켜 세웠다.

그가 웅크리고 있던 이유를 이제야 알 수 있었다. 그는 아랫배로 검을 끌어안고 있었다.

마치 자그마한 생물을 온몸으로 감싸듯, 그는 몸을 둥글게 만채 견디고 또 견뎌 왔을 것이다.

분명 그때 이후로 지금까지 줄곧.

그 누구도 죽이지 않기 위해서 말이다. 이런 긍지 높은 마물이 세상에 또 어디에 있을까.

"도망쳐라……! 난, 모든 걸 벨 때까지 멈추지 않을 테니……!"

갈라틴이 검을 쥐었다.

그 말과는 달리 눈에는 사나운 빛이 깃들어 있었고, 그는 자세를 낮춰 공격 자세를 취했다. 검에 조종당하는 상태였다.

무기를 겨눈 상대가 무엇을 할지는 누가 봐도 뻔했다.

검이라는 무기는 원래 그렇게 쓰는 거니까.

"──갈라틴, 우리랑 싸워라."

나는 검을 겨누고 방패를 들었다.

사용하는 무기를 쇼트 소드에서 롱 소드로 바꿔 온 끝에, 현재 내 손에 가장 익숙한 건 양손 검이다. 방어를 버리고 공격에 전념하는 전법이 내 특기다.

하지만 이번만큼은 예외다. 공을 세우려다 죽을 수는 없는 노릇이니까.

나는 한 손에 든 방패를 앞으로 내민 채 갈라틴과의 거리를 좁혀 나갔다.

그 방패가 느닷없이 쪼개졌다.

"어?!"

갈라틴은 검을 살짝 들어 올리기만 했을 뿐이었다. 하지만 그때 검에서 발생한 풍압이 방패를 쪼갰다.

검이 방패에 닿지도 않았는데 말이다.

"이게 뭐야?!"

아리체가 만든 방패인데?!

여신의 검이 설마 이 정도의 위력을 발휘할 줄은 상상도 못 했다. 이래선 아예 방어 자체를 할 수가 없다. 살짝이라도 스치면 아예 산산조각 나지 않을까 싶었다.

하지만 방패는 이게 전부가 아니다.

"코테츠!"

에란티의 목소리에 나는 몸을 돌렸다.

그러자 상자처럼 생긴 전차에서 새로운 방패가 사출되었다. 동시에 다양한 도구와 약품도 날아들었다. 안전한 장소에서 지원해 주니 고마울 따름이었다.

"고마워!"

나는 방패를 주워 곧바로 왼팔에 찼다. 그리고 그와 동시에 갈라틴에게 약병을 던졌다.

그 약병이 걸리적거릴 것이라 판단했는지, 갈라틴이 검을 옆으로 휘둘렀다. 그 풍압 때문에 검 끝의 너머에 있던 나무가 쓰러졌다. 나도 잽싸게 몸을 숙여 풍압을 피했다.

그와 동시에 병이 깨지며 그 안에 든 액체가 쏟아져 내렸다.

"……으."

연기를 내는 그 액체는 저번에 에란티가 만든, 금속을 부식시킨다고 하는 독이었다. 약병이 깨졌을 때 그 안에 든 액체가 여신의 검에 뿌려진 모양인지 검에서도 연기가 피어올랐다.

그 약을 털어 내려고 갈라틴이 다시 검을 휘둘렀다. 나는 그 검 끝으로부터 피하고자 몸을 움직였으나 살짝 늦었다.

갈라틴의 검이 내 방패에 닿았다.

격렬한 소리를 내며 검이 튕겨 나갔다.

효과가 있어! 에란티의 약 덕분에 예리함이 조금 떨어졌나 보군!

하지만 내 방패는 이번에도 두 동강이 나고 말았다. 아까보다 살짝 무뎌졌을 뿐, 그럼에도 방패를 손쉽게 절단할 수 있는 위력은 건재한 모양이었다.

"으으으으으으으으!"

여신의 검이 빛을 발했다.

던전에서 백토에게 선보였던, 그 거대한 빛의 공격이다.

다시금 보니 그 모습을 또렷이 알 수 있었다. 여신의 검에 모여든 빛이 검을 커다랗게 보이도록 만들었다. 빛의 오라가 검 전체를 감쌌다. 갈라틴은 그 오라를 사출하려는 모양이었다.

"하아아아아아압!"

그때 릴이 돌격했다.

거대한 갑옷을 입은 릴이 갑옷에 장착한 수레바퀴와 추진 장치의 힘을 이용해 맹렬한 기세로 돌진하여 갈라틴에게 태클을 가했다.

맹렬한 속도로 날아온 쇳덩어리가 갈라틴을 가격했다. 그럼에도 그 몸은 쓰러지지 않았다.

하지만 릴의 거대한 갑옷이 갈라틴의 팔 움직임을 방해했다. 갈라틴이 휘두르고자 했던 팔이 릴의 어깨에 닿는 바람에 여신의 검에서 사출된 초거대 광선이 위쪽을 향해 날아갔다. 광선이 지나간 자리에 있던 나무들은 흔적도 없이 사라졌고, 그 여파로 나뭇가지가 송두리째 절단되었다.

숲속에 뻥 뚫린 공간이 생겼다. 방금 그 일격으로 모조리 다 잘려 나간 것이다.

저번에 저것한테 내가 당했단 말인가.

하지만 두 번 다시는 당하지 않는다.

"간다앗!"

에란티가 뒤이어 화살을 쏘았다. 전차 안에 내장된 크로스보우가 갈라틴의 몸에 박혔다. 아리체가 만든 특제 화살촉으로, 그 촉에 묻은 수면제가 탁월한 효과를 보였다.

"윽…… 크윽……!"

"아직 멀었다!"

릴이 비틀거리는 갈라틴에게 거대한 방패를 후려쳤다. 이제 릴이 만든 방어구의 경도는 아리체가 만든 것에 필적했다. 그 방어구에 얻어맞은 갈라틴이 검을 쥔 채 무릎을 꿇었다.

천하의 갈라틴이 무릎을 꿇다니, 하지만 당연하다면 당연한 결과였다.

이미 백토와의 싸움에서 입은 대미지가 누적된 데다, 스스로 여신의 검을 억누르고 있던 탓에 많이 쇠약해져 몸 상태가 온전치 않았다.

하지만 그 덕분에 갈라틴과 호각으로 싸울 수 있었다.

기회는 지금밖에 없었다.

지금 결판을 내지 못하면 다음은 없다.

"얌전히 있어, 갈라틴!"

나는 잽싸게 갈라틴에게 다가갔다.

주먹이 닿을 만한 거리까지 접근한 뒤, 미리 준비해 두었던──.

"어?"

배에서 묵직한 감촉이 전해져 왔다.

"······미안하다."

귓가에서 갈라틴의 목소리가 들렸다.

"······아, 그렇군."

실패했다.

릴의 일격으로 완전히 빈틈이 생겼을 거라 착각했다.

하지만 갈라틴은 무릎만 꿇었을 뿐, 그 전의는 전혀 사그라지지 않은 상태였다.

내가 방심했다.

기회를 잘못 보았다.

내 몸통을 여신의 검이 꿰뚫고 있었다.

신기하게도 아프지는 않았다. 마치 여신의 자비 같다고나 할까.

내 몸에 박힌 여신의 검이 천천히 빠져 나갔다. 그 도신에는 내 피가 끈적하게 묻어 있었다. 검을 완전히 빼자마자 내 몸에서 피가 분수처럼 터져 나왔다.

"아··········."

피가 빠져나가자 의식이 흐릿해졌다.

손발을 움직일 수 없었다.

안 돼.

이런 데서 죽을 수는 없어.

나는 아직 못다 한 일이 있다고.

그 일을 다하기 전까진, 아직.

"안 돼애애!!"

흐릿해져 가는 의식 속에서 듣고 싶었던 목소리가 들려왔다.

아리체.

……방금, 뭐라고 했지?

"코테츠, 죽으면 안 돼!"

아, 그렇구나.

아리체가——목소리를.

갑자기 내 몸에 힘이 돌아오는 것을 느꼈다.

의식이 또렷해지며 시야가 돌아왔다.

여신의 검보다 강력한, 수습 여신이 지닌 목소리의 힘이다.

하지만 상처가 나은 것 말고 딱히 눈에 띄는 점은 없었다.

아리체 본인이 잘 통제하고 있는지 힘은 폭주하지 않았다.

"아리체……!"

눈앞에 여신의 검이 있었다.

그 칼날에 아리체의 모습이 비쳤다.

자신의 목소리를 멀리까지 전하기 위함인지 그녀는 갈라텐 군

아머를 벗고 무방비한 모습으로 이쪽을 향해 뛰어왔다.

고맙다는 말을 하고 싶었지만, 지금은 그보다 먼저 해야 할 일

이 있다.

갈라틴을 막아야 한다.

"너……!"

갈라틴이 부활한 내 모습을 보고는 깜짝 놀랐다.

그렇다. 그 찰나의 순간이라도 좋다. 그거면 충분했다.

나는 최후의 힘을 쥐어짜 갈라틴에게 달려들었고——.

미리 준비해 두었던 그것을 꺼냈다.

"이것이—— 내 대답이다!"

고스란히 드러난 여신의 검에 씌운 건—— 검집이었다.

밤을 새워 만든, 여신의 검을 넣기 위한 신기다.

여신의 검 복제품을 토대로 만든 이 검집은 검을 넣으면 저절로 잠기는 장치가 있다. 자물쇠가 채워진 검집과 하나가 된 검은 급속도로 빛을 잃더니 활동을 멈추었다.

그렇다. 무기란 본디 위험한 것이다.

그렇기에 그것을 안전하게 보관할 방법이 필요하다.

폭력을 행사하면 그 누구도 안전하게 살 수 없다. 하지만 그렇다고 폭력을 부정하면 여차할 때 자신의 몸을 지킬 수 없다.

그러니 폭력을 일시적으로 봉쇄할 수단만 있으면 충분하다.

여신님은 '나를 뛰어넘어 보라'며 아리체를 부채질했다. 하지만 분명 그 해답은 알고 있었을 테지. 힘에 힘으로 대항하는 것이 아니라, 힘을 억제하는 방법이야말로 대장장이에게 진정 필요한 것임을 말이다.

"오, 오오……!"

갈라틴의 손에서 검이 떨어졌다.

나는 자갈 위에 떨어진 검을 주웠다.

복제품보다 몇 배는 더 가벼운 그 검은 렌탈 무기점 아리체의 이름이 새겨진 검집과 하나가 되었다.

"갈라틴, 괜찮냐?"

"……그건 내가 할 소리다. 방금 찔렸을 텐데?"

갈라틴의 질문에 나는 내 복부 쪽을 확인했다.

아리체의 힘 덕분에 상처는 완전히 아문 상태였다.

하지만 피를 좀 많이 흘린 바람에, 그리고 모든 것이 끝났다는 안도감 때문에 다리에서 힘이 빠졌다.

"아야."

나는 그 자리에 엉덩방아를 찧고 말았다.

마찬가지로 갈라틴도 주저앉았다.

"검집이라…… 머리 좀 썼군."

갈라틴이 지친 기색으로 중얼거렸다.

"머리를 좀 썼다기보다는, 이런 건 원래 있어야 하는 거잖냐. 백토가 이 검을 훔치지 않았으면 분명 여신님도 검집을 만들어 그 안에다 넣고 보관했을 걸?"

"그래, 덕분에 살았군. 나도 숲도 말이다. '베리 땡큐'다."

고개를 숙이는 갈라틴에게 나도 미소 지었다.

"코테츠!"

"코테츠! 살아 있어?!"

모두의 발소리가 이쪽으로 달려왔다.

또 걱정 끼쳤나 보네.

고개만 돌려서 확인해 보니, 가장 먼저 아리체가 나를 끌어안았다.

아리체는 금방이라도 울음을 터뜨릴 것만 같았다.

"고마워. 덕분에 살았어."

아리체는 고개를 끄덕이고는 코를 훌쩍이며 다시금 나를 끌어안았다.

나는 그녀의 머리를 살며시 어루만지며 손에 쥔 검을 건넸다.

"자, 이제 네가 할 일은 다 끝났어."

이걸 여신님한테 돌려주면 그녀의 임무는 완전히 끝난다.

이제 더 이상 갈라틴과 싸울 이유도 없겠지.

아리체는 검을 받고자 손을 뻗었다.

"그치만──."

그리고 그 손을 멈추었다.

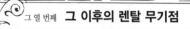

무기란 존재는 역시 위험하다.

하지만 이 세상에 마물이 존재하는 한, 이에 맞설 수단을 갖춰야 한다.

마물의 피해로부터 한 사람이라도 더 구하기 위해 대장장이는 자신의 솜씨를 끊임없이 갈고닦아야 한다.

"후우."

나는 땀을 닦으며 이제 막 연마를 마친 나이프를 쥐었다.

작업장에는 수많은 대장장이가 모여 자신의 작업대에서 묵묵히 일을 하거나, 도면을 보며 당장 싸움이라도 일으킬 듯한 기세로 고성을 주고받았다.

"여어, 코테츠! 어때, 완성했냐?!"

로제가 이쪽으로 다가왔다.

"완성했어요. 어때요? 이번엔 자신 있다고요."

"오, 여전히 완성도는 처참하군! 그래도 저번보단 나아졌어! 이번에 만든 건 내구력도 좋아 보이는데? 이 정도면 상품으로 팔아도 되겠어!"

"정말이에요?!"

사형인 로제에게 칭찬을 받은 나는 기뻐서 어쩔 줄을 몰랐다.

"코테츠, 이제 겨우 나이프 한 자루 만든 것 가지고 뭘 호들갑이냐."

주위에 있는 대장장이들도 나를 바라보더니 웃었다.

그렇지만 기뻤다.

아리체나 가게 사람들의 도움을 받지 않고 하나부터 열까지 내 힘으로 무기를 만들어 낸 것이다.

이곳은 레디나이트 성시에 자리한 장인 길드 공동 작업장이다. 장인들은 저마다 자신의 작업장을 가지고 있지만, 후진 양성과 대규모 대장일을 위해 넓은 작업장을 따로 소유하고 있다. 길드에서 관리하고 있기에 이곳에 갖춰진 설비도 매우 훌륭했다.

여신의 검 사건으로부터 한 달이 지났다.

나는 여기에 제자로 들어왔다.

비록 임시이기는 해도, 지금은 장인 길드에 소속되어 로제와 다른 사형들의 지도를 받고 있다.

기초부터 다지고 싶었기 때문이다.

장인 길드는 내 염치없는 부탁을 흔쾌히 받아들였고, 이렇게 말단으로 일하며 대장일을 배우는 중이다.

"오오, 제법인데?"

털이 덥수룩한 거구의 남자가 나타나 나와 로제의 어깨를 두드렸다. 그가 바로 장인 길드의 길드장이다.

"아, 영감님! 코테츠가 지금 막 나이프를 만든 참이에요!"

로제가 내 나이프를 길드장에게 보여 주자, 그는 못마땅한 표정을 지으며 생각에 잠겼다.

"코테츠, 넌 어려운 가공이나 연마는 잘하지만, 제일 중요한 담금질이 엉성해. 아마도 네 이전 스승은 금속을 담금질하는 솜씨가 엄청 뛰어났겠지."

내 나이프를 슬쩍 보기만 했는데 거기까지 알 수 있다니.

"응용은 제법이지만 기초가 엉망이야. 뱁새가 황새 쫓아가려다 가랑이 찢어진 꼴이지. 여기서 기초부터 철저하게 배우고 가."

"네, 넵!"

납득은 갔다. 나는 지금껏 아리체나 릴 등, 천재 대장장이에게 둘러싸여 생활해 왔다. 그렇기에 그녀들이 호흡하듯 당연하게 할 수 있는 일도 나로서는 할 수 없었다. 그런 상태에서 까치발만 드느라 애썼으니 무기를 만들어내지 못한 것이다.

"그런데, 코테츠. 이건 좀 다른 얘긴데."

"네?"

"요즘 우리 딸 기분이 영 안 좋아 보이던데…… 너, 뭔 짓을 저질렀냐?"

"에란티 말이에요?"

그러고 보니 요즘 그 녀석은 내 얼굴을 볼 때마다 인상을 찌푸리곤 했다.

"아뇨, 전 딱히 아무 짓도 안 했는데, 갑자기 이상하게 그러더라고요."

"지금 하는 얘기 다 들리거든?"

그렇게 말하며 작업장 안으로 들어온 사람은 에란티였다. 참고로 이곳은 그녀의 집이기도 한 철물점 뒤에 세워져 있다.

"오, 에란티. 오늘은 알바 끝났냐?"

"뭐~ 대충. 일이 오전에만 있어서. 그래서 내가 왜 화가 났는지 아직도 모르다니, 역시 코테츠는 진짜 눈치가 없네."

"내가 그걸 어떻게 알아. 가르쳐 줘."

"2억 가츠!"

에란티가 분노에 몸을 떨었다.

"던전을 공략한 사람에게 주어지는 2억 가츠를 거절했다고?! 너 바보야?! 2억 가츠라면 기사가 평생 버는 돈이랑 맞먹는다고! 그런데 어떻게 그걸 냅다 차 버리냐, 이 바보야!"

아, 그거 때문인가.

에란티는 돈을 좋아하니까 말이지.

"2억이나 있으면 무기점도 확장할 수 있잖아! 도구점이랑 같이 운영하면 좋지 않을까 싶어서 연금술사 자격을 한번 따 보려고 했었는데! 나의 장대한 꿈을 방해하다니…… 이 바보야!"

"아니, 그건 애당초 내가 받을 돈인데……."

요즘 에란티는 코르크스노우가 운영하는 쇼핑몰에서 알바를 하고 있다. 던전 내부 상점가에서 인연이 생긴 약방에 제자로 들어가 공부하는 중이라고 한다.

"바보는 너다, 에란티."

그 말을 듣고 있던 길드장이 코웃음을 쳤다.

"코테츠가 왜 그 돈을 마다했는지, 모르겠나?"

"뭔데?"

"공략한 사람이 받을 그 2억을 던전 때문에 피해를 입은 농가

나 길드에게 대신 써 달라고 부탁했기 때문이지. 그리고 국왕 폐하께 가문의 어려운 처지를 잘 설명해 가문이 몰락하는 것도 막았고."

"몰락을 면했을 뿐만 아니라 우리 아버지가 성에서 검술 지도 하는 일까지 받았지. 정말 다행이야."

국왕 폐하를 직접 알현한 적은 이번이 처음이었는데, 엄청 좋은 분이셨다. 우리 할아버지가 전전대 국왕의 호위를 맡았다는 얘기도 잘 기억해 주셨고. 농가나 길드에게 원조해 달라는 얘기를 꺼냈을 때에도 흔쾌히 승낙하셨지.

"귀족의 가문과 토지를 고스란히 보존할 수 있었을 뿐만 아니라 검술 지도하는 일마저 받았는데, 이건 2억 가츠보다 훨씬 가치가 있지. 에란티, 넌 돈이면 환장하는 녀석이 그런 것도 모르겠나?"

"으, 윽……."

에란티는 아버지로부터 따끔한 지적을 받고 말문이 막혔다.

그저 아무 말도 못 하고 부루퉁한 표정만 지을 뿐이었다.

"그, 그래도, 코테츠가 손해만 보는 성격인 건 맞잖아!"

"그래, 그건 맞지."

"맞아."

에란티가 발악하듯이 가한 반격에 길드장과 로제가 나란히 고개를 끄덕였다.

아니, 옆에서 같이 맞장구치면 어떡해!

"그러니 나 같은 회계사도 필요하단 말씀."

에란티가 가슴을 치며 주장했다.

"하긴, 그럴지도. 우리 가게는 에란티가 없으면 아무것도 못 하니까."

"그럼 그럼. 그러니 됐어, 코테츠! 혹시 다음에 거금을 입수할 예정이 있으면, 꼭 나한테 상의해! 알았지?!"

"아, 알았어……."

에란티의 서슬 퍼런 위협에 나는 쩔쩔맸다.

"그런데, 코테츠."

길드장이 내 어깨를 손으로 탁 잡았다.

"예전부터 한번 물어보고 싶었는데, 너 우리 딸이랑 무슨 사이냐……?"

"어, 어어어……?"

내 어깨를 쥔 손에 힘이 실렸다.

그 이후로 나는 약 1시간 동안 길드장에게 설명을 하느라 진땀을 뺐다. 좀 옆에서 도와주면 좋을 텐데 어째선지 에란티는 싱긋 웃기만 하며 가만히 지켜볼 뿐이었다.

장인 길드의 수행은 아침부터 오후까지다.

던전에서의 일과 마찬가지로 아침부터 저녁 무렵이 가장 바쁘기에 그 외의 시간은 수행에 전념하기로 했다.

"야, 코테츠. 기다려! 가게 가는 거지? 나도 같이 가!"

뒤에서 따라오는 에란티와 함께 장인 거리에서 중앙 대로를 가로질렀다. 우리 가게가 있는 3번가로 가려면 반드시 이 길을 지나야 한다.

"어머, 코테츠 군."

귀에 익은 목소리에 고개를 돌리니, 케이티 씨가 있었다.

"마침 잘됐어~. 지금 가게에 가려던 참이었거든~."

"케이티 씨, 모험하느라 수고 많으셨어요."

케이티 씨는 어제부터 1박 2일 일정으로 무기를 빌렸다. 그녀의 흡족한 표정을 보면 어떤 전과를 올렸는지는 굳이 물어볼 필요도 없었다.

"너희도 수행을 마치고 돌아가는 길인가."

그녀의 뒤에는 릴이 있었다.

"릴, 너도 퀘스트 중이야?"

"그렇다. 요즘엔 케이티 님과 파티를 맺는 경우가 많지."

방어구를 제작하는 릴의 솜씨는 나날이 늘었다. 지금은 아리체를 능가하는 갑옷을 만들어 내고자 노력 중이다.

그리고 그 결과가 바로 모험자의 길이었다. 모험자에게 자신의 방어구를 렌탈할 뿐만 아니라 자신이 직접 사용해 봄으로써 세세한 정보를 얻고자 했다.

이건 뭐든 자신이 직접 해야 직성이 풀리는 릴의 성격과도 무관하지 않을 것이다.

요즘은 케이티 씨와 어깨를 견줄 만큼 인기가 많다. 모험자들 사이에서는 누가 진정한 아이돌인지를 두고 서로 주먹다짐이 일어나는 경우도 있다고 한다.

그런 그녀들의 뒤에, 마치 경호원처럼 우뚝 서 있는 인물이 있었다.

"여어, 소년."

갈라틴이었다.

"어때? 모험자 생활은 이제 좀 할 만해?"

"그래. 인간의 관습은 실로 흥미롭더군. 내 상상을 뛰어넘는 일이 많다. 그리고 마물이 얼마나 인간에게 피해를 끼치고 있는지도 잘 알았지. 향후 과제로 삼겠다."

한때는 숲으로 돌아갔던 갈라틴이 지금은 이와 같이 모험자로서 싸우는 중이다.

다만 마물은 사냥하지 않으며, 인간에게 피해를 끼친 마물이 있으면 설득해서 쫓아내고 있다. 일반적으로 마물을 토벌할 때보다 훨씬 빠르고 안전했기에 의뢰자들도 선호하는 추세라고 한다.

그럼 갈라틴이 왜 이런 일을 하고 있는가 하면, 순전히 매직 아이템 때문이었다.

백토가 만들어 낸 까만색 매직 아이템은 아직도 각지에 흩어져 있다. 갈라틴은 그것을 찾고자 인간의 힘을 빌리기로 했다.

레어 몬스터를 찾아내 토벌하는 건 굉장히 힘든 일이지만 갈라틴이라면 괜찮다.

왜냐하면 그는 지금도 여신의 검을 간직하고 있기 때문이다.

그렇다. 아리체는 여신의 검을 회수하지 않았다.

이유라면 있었다. 지금은 아직 갈라틴이 가지고 있는 게 더 유

용하기 때문이다. 백토의 매직 아이템을 모으려면 갈라틴에게
도 힘이 필요하다. 만약 여신의 검조차 잃으면 갈라틴은 지성조
차 상실할 테지.

표면적인 이유는 이렇지만.

사실 진짜 이유는 따로 있었다.

나도 아리체도 아직 갈라틴을 꺾지 못했기 때문이다.

그 녀석의 투쟁 본능을 억누르는 데는 성공했다. 하지만 그것
은 무기를 이용해 갈라틴을 원래 상태로 되돌렸을 뿐이지, 결코
무기의 성능으로 갈라틴을 꺾은 것은 아니다.

이기고 도망치는 건 용납하지 않는다.

언젠가 갈라틴을 실력으로 꺾기 위해 나는 대장장이로서 수행
을 쌓고 있는 것이다.

"어라, 코테츠 군이잖아."

돌아오던 와중에 코르크스노우와 맞닥뜨렸다.

"다 함께 웬 일이야?"

내 뒤로 에란티, 릴, 케이티 씨, 갈라틴이 있다. 모두 우리 가
게에 볼일이 있다 보니 남들 눈에는 우르르 몰려다니는 모습으
로 보였나 보다.

코르크스노우는 어느 가게 앞에 있었다. 간판을 보니 '레온몰
성시 지점'이라 적혀 있었다.

"코르크스노우 씨, 이제 이사는 끝났나요?"

"그래. 요새 안에 있던 물건들은 얼추 옮겨 놨어. 여긴 점포 하나만 신경 쓰면 되니까 편해."

안타깝게도 레온몰 본점은 수리에 들어가야 했다. 마물의 습격으로 대부분 파괴되었기 때문이다. 상점가로서 모험자를 상대로 장사를 하는 거야 상관은 없지만, 일반인을 상대로 장사를 하기에는 여러모로 형편이 마땅치 않았다.

"무기점으로서 다시 새롭게 출발할 생각이야. 또 코테츠 군이랑 맞붙게 되겠군. 어때, 이게 우리 가게의 새로운 상품이라고."

그가 그렇게 말하며 보여 준 건 한 자루의 롱 소드였다.

딱히 특이한 부분도, 별다른 장식도 없는 검이었다.

우리는 그 검을 찬찬히 바라보다가 서로를 쳐다보았다. 그런 우리 앞에서 코르크스노우가 콧김을 내뿜었다.

"이거…… 그냥 일반 롱 소드로 보이는데요?"

"그렇게 보이지? 그런데 말이야. 이걸 한번 보라고."

코르크스노우가 가리킨 건 손잡이 뒷부분이었다. 무언가를 넣는 구멍 같은 게 뚫려 있었다.

"여기에다, 이걸, 이렇게 하면……."

코르크스노우가 액체가 든 작은 병을 손잡이에 장착했다.

그러자 어떻게 된 영문인지 검의 광채가 변했다.

마치 아리체가 만든 것처럼 날이 예리해졌다.

"이게 뭔가요?! 굉장해요!"

"아직 놀라기에는 일러. 이건 순전히 날을 예리하게 해 주는 부속품일 뿐이고, 이번엔 이걸……."

코르크스노우가 작은 병을 교환하자, 이번에는 도신에 서리가 끼었다.

순식간에 얼음 속성 검으로 변했다.

"이처럼 용도에 따라 부속품을 교환할 수 있는 무기란 말씀. 이걸 이번에 우리 가게의 새로운 상품으로 내놓을까 싶거든."

"이 기술은 대체 뭐지……. 나도 떠올리지 못했는데."

릴도 미지의 무기를 눈앞에 두고 들뜬 기색이었다.

"그런데 이걸 왜 우리한테 보여 준 거지? 자랑하려고?"

기술에 질투심을 느낀 모양인지 릴의 말투는 퉁명스러웠다.

"물론 자랑할 목적도 있지. 하지만 이번엔 확실하게 선전포고를 해 놓을까 싶어서."

그렇군. 코르크스노우치고는 꽤나 정정당당한데?

하지만 저번과는 달리 이건 훌륭한 무기였다.

우리 가게 기술로는 범접할 수조차 없었다.

"이봐, 코르크스노우 씨, 이거 당신이 만든 거 아니죠? 누가 개발한 무기인데요? 이 약병과 검을 반응시키는 방식은 아리체조차……."

"그래, 신입이 만들었지."

"신입? 릴 때처럼요?"

"릴 군은 천재지만, 이번에 들어온 신입은 더 대단하다고. 시간제 근무로 공장에 투입한 사람인데, 정말이지 대장일 재능이 터무니없더군. 무기와 방어구뿐만 아니라 생활용품과 관련된 아이디어도 잔뜩 떠올리더라니까."

"그런 굉장한 사람이 있다니⋯⋯."

아리체도 그렇고 에란티도 그렇고 릴도 그렇고, 이 세상엔 정말로 천재가 많다는 생각이 들었다. 모든 이가 나보다 뛰어나다 보니, 나로서는 열등감만 느낄 따름이었다.

"그게, 그 여성은 경영난에 빠진 우리 가게에 강림한 천사——아니, 여신이라고!"

코르크스노우가 감격하며 몸을 떨었다.

——설마.

"저어, 코르크스노우 씨. 그 대장장이라는 사람 말인데요. 혹시 다정하면서도 엄청 품위 있는 인상의 여자 아니에요?"

"맞아. 첫인상은 그랬지."

"그 외에 다른 특징은요?"

"어디 보자⋯⋯. 아, 늘 애완동물을 데리고 다니더군. 가면을 쓴 토끼처럼 생긴 녀석인데 얼마나 영리하다고⋯⋯ 가만, 혹시 그거 마물인가?"

코르크스노우가 생각에 잠겼다. 나는 머릿속이 복잡해졌다.

아니, 실제로 모습을 보지는 않았지만, 이건 상황을 보면 아무리 생각해도⋯⋯.

"실은 너희에 대한 선전포고는 그 여성에게 부탁을 받은 거지. 대장장이니까 정정당당하게 일을 완수하는 게 자기 주의라나 뭐라나. 혹시 아는 사이야?"

"네, 아는 사이라고 해야 할지, 뭐랄까⋯⋯."

분명 그분 입장에서는 이것도 아리체에게 내린 수행의 일환이 아닐까 싶었다. 자신을 뛰어넘어 보라는 뜻일 게 분명했다.

"하지만——."

하지만 나는 주눅 들기는커녕 주먹을 꽉 움켜쥐고서 힘차게 웃었다.

"상대가 누구든 간에 절대로 지지 않을 거라고요!"

그렇다. 우리 가게가 최강임을 증명하는 것이다.

그러기 위해 우리는 하나라도 더 배우는 중이고 말이다.

"우리 왔어, 가 씨."

가게 앞에 있는 가 씨에게 손을 흔들었다. 석양을 받으며 주황색으로 빛나는 석상과, 그 옆에 있는 세워 둔 입간판이 조화를 이루었다.

"오늘은 인원이 많군."

에란티와 릴 외에도, 케이티 씨랑 갈라틴도 있다. 어째선지 코르크스노우까지 따라왔다. 아리체에게 무기를 자랑하고 싶은 모양이다.

"빌린 무기를 반환하러 온 손님이야."

"그런가. 매일 이용해 주어서 고맙다."

가 씨가 엄숙한 투로 감사를 표했다.

그러자 가게 안에서 목소리가 들려왔다. 저쪽에도 손님이 온 모양인가 보다.

"그럼, 잘 부탁하마, 아리체."

가게 문을 열고 나온 사람은 상업 길드의 길드장이었다. 요즘 다이어트를 시작했다고 하는데, 길드 내부에서는 그게 과연 언제까지 갈지를 두고 내기를 벌이는 중이다. 가장 유력한 우승 후보는 '한 달도 못 간다'였다.

그리고 길드장을 따라 가게 밖으로 나온 사람은——.

"감사합니다!"

활기찬 목소리로 인사하는 아리체였다.

길드장을 배웅한 그녀는 우리를 보더니 미소 지었다.

"어서 와!"

그녀가 청아한 목소리로 우리에게 인사를 건넸다.

최근 들어 아리체도 성장했다. 여신의 목소리를 완벽하게 제어하기 위해 수행을 시작했는데, 그 덕분에 지금은 별다른 강제력을 지니지 않는 인사 정도라면 목소리로 소통할 수 있었다.

연습한 성과가 나와 기쁜지 요즘 아리체는 늘 웃음이 가득했다.

대체로 모든 일이 순조로웠다.

2억 가츠를 거절하는 바람에 에란티가 화를 낸 것만 빼면 무척이나 알찬 하루를 보내는 중이다.

나로서는 그런 평화로운 나날이 앞으로도 계속 이어지기를 바랄 뿐이었다——.

오늘도 한가한 나날이 시작되었다.

나는 하품을 참으며 카운터에 턱을 괴었다.

청소라면 이미 수도 없이 했다.

무기 진열을 바꾸는 작업도 끝났고, 표도 새로 만들어 벽에다 붙였다. 마물 고기 샌드위치도 들여놓았고 주스도 판매하는 중이다.

하지만 손님이 오지 않았다.

역시 다들 라이벌 가게로 간 걸까.

코르크스노우뿐만 아니라 장인 길드에서도 엄청 좋은 무기들을 만들어 내기 시작했고 말이다.

우리 가게도 뭔가 새로운 아이디어를 떠올려야 할 텐데.

그저 강력한 무기를 만드는 것만으론 안 된다고 늘 반성은 하고 있다. 그 무기를 더 많은 사람에게 알릴 수 있도록 노력해야 한다.

하지만 이렇게나 한가하면 의욕이 떨어지기 마련이다. 현재 에란티는 알바 중이고 릴은 퀘스트 중이다.

가 씨는 안쪽 작업장에서 간판을 새로 만드는 중이다.

그리고 나는 혼자서 가게를 보는 중이다. 세상에서 가장 강력한 무기가 있는 가게인데 아무도 오지를 않다니.

하아…….

"코테츠."

옆에서 목소리가 들렸다. 금발의 귀여운 여자애가 앉아 있었다.

"손님이, 안 오네."

"응."

나는 맞장구쳤고, 아리체는 무슨 말을 할지 생각에 잠겼다.

그녀가 자신이 하고 싶은 말을 스케치북에다 펜으로 쓰는 그 잠깐의 시간.

실은 나는 이 시간을 좋아했다.

그녀가 무엇을 '말할지' 무척이나 궁금했다.

[그래도 가끔은 한가한 것도 좋은 것 같아.]

"너는? 한가해?"

[지금은 철이 식을 때까지 기다리는 중이야.]

"그렇구나."

대화는 그걸로 끝났다. 나는 아무 말 없이 주전자에서 차를 두 잔 따라 다과와 함께 카운터에 놓았다. 어차피 올 사람도 없으니 휴식을 취해도 되겠지.

아리체가 미소 지으며 차를 홀짝였다.

이윽고 차를 다 마시고 다과를 다 먹을 때까지, 손님은 한 명도 오지 않았다.

즐거운 기색으로 컵 가장자리를 만지작거리는 그녀의 모습을 보고 있으니 왠지 모르게 하품이 나왔다.

이 카운터는 오후가 되면 창을 통해 눈부신 빛이 비쳐 들어온다. 오늘처럼 날씨가 좋으면 무척이나 따뜻해서 졸린다.

"후암……."

아리체도 하품을 했다. 그리고 내 어깨에 몸을 기대고는 살며시 눈을 감았다.

분명 지쳤을 테지. 내가 무어라 말하기 전에 곤히 잠자는 소리가 들려왔다.

깨울까 고민도 했지만, 한동안 가만히 있기로 했다.

그녀가 자는 모습을 보고 있는 동안 시간이 흘렀다.

이대로 시간이 멈추면 분명 행복할 테지.

내가 속으로 그런 생각을 하고 있을 때였다. 현관 벨이 울렸다.

"저어…… 저기요."

"아, 네! 어서 오세요!"

나는 아리체가 깨지 않도록 그녀의 몸을 살며시 의자에 기댄 뒤, 허둥지둥 카운터 밖으로 나왔다.

"모험자 선배에게서 들었는데요. 이곳이 바로 무기를 렌탈해 주는……."

"맞습니다! 저희는 렌탈 전문점이죠! 어떤 무기를 찾으시나요?"

"힘을 원하는가——."

"우와아아악!"

"가 씨, 갑자기 튀어나오지 말라고 내가 몇 번을 말했어!"

"미안하다. 오랜만에 온 손님이다 보니, 나도 모르게 그만."

"손님, 괜찮으세요? 저어, 해를 끼치진 않으니 안심하세요."

"아, 네, 죄송해요. 저는 신출내기 모험자라서 아는 게 없다 보니⋯⋯."

"그러셨군요. 가 씨, 늘 쓰던 그 세트를 준비해 줘."

"기다려라, 코테츠. 얼마 전에 완성한 장검의 테스터를 모집 중이라고 하지 않았나?"

"아, 맞다. 지금 가지고 올게──."

평소처럼 시끌벅적하고 소란스러운 나날이 이어졌다.

우리가 한바탕 부산스러운 와중에도 아리체는 의자 위에서 곤히 잠들어 있었다.

여신의 검과 그것을 지키는 검집

칼날만으로는 상처만 입힐 뿐이요, 검집만으로는 소중한 존재를 지킬 수 없나니. 서로가 서로를 지탱하는 존재는 비단 생물뿐만이 아니다. 모든 힘에는 그것을 제어하기 위한 것이 필요하다.

작가 후기

안녕하세요, 타구치 센넨도입니다.

렌탈 무기점 아리체 2권을 구입해 주셔서 진심으로 감사드립니다.

이번에도 즐거운 마음으로 집필했습니다!

아리체는 귀엽게 묘사하기가 어려웠던 만큼 완성되고 나서의 귀여움은 남달랐습니다. 이번엔 마스코트 같은 존재가 나왔는데요. 1권을 집필할 때도 그랬지만, 아리체도 에란티도 릴도 방에다 나란히 장식하고 싶은 생각이 들게끔 이번에도 최대한 귀여움을 추구했습니다.

귀여운 데다 집필하기도 쉽죠. 아리체는 그야말로 제게 여신과도 같은 존재입니다.

……그런데 사실은 프로토 타입에서 아리체는 악마였단 말이죠. 처음엔 악마 대장장이와 계약한 코테츠의 이야기를 쓸까 싶었지만, 우여곡절을 거쳐 지금과 같이 되었습니다.

지금 생각해 보면 악마 소녀도 나쁘지 않은 것 같지만, 전전작 히로인과 중복되기에 역시 여신으로 하길 잘한 것 같습니다.

하지만 토베 님이 그려 주신 악마 버전 아리체도 보고 싶단 말이죠…….

다소 뜬금없지만, 요즘은 라이트노벨만이 아니라 다방면에서 직업물이 인기가 많네요!

저도 그 분위기에 편승하고 싶었지만, 어떤 직업을 소재로 소설을 쓰려고 하면 반드시 취재라는 벽에 부딪히게 되더군요.

이 작품의 경우에는 무기점이니까, 물론 무기도 공부했지만 대여점에 관해서도 잔뜩 조사했습니다.

지금껏 알지 못했던 것을 많이 알게 되어 대단히 뜻 깊은 시간이었습니다만, 1권을 읽은 전직 대여점 종업원 출신 친구로부터 이런저런 지적을 받았습니다.

역시나 거기에서 실제로 일하고 있는 사람의 경험을 담은 얘기가 제일 리얼하단 말이죠. 소설뿐만 아니라 '현직 ○○가 말하는, ○○의 속사정!' 같은 책도 잘 팔리고요.

그 현장에서 실제로 사는 것이야말로 진정한 취재임을 실감했습니다.

'난 직장이나 학교를 때려치우고 작가가 되련다' 같은 얘길 하는 사람들도 있는데, 다시 한번 잘 생각해 보셨으면 합니다.

지금 막 당신이 있는 장소는 소재의 보물 창고거든요. 오히려 저한테는 꼭 좀 부탁해서라도 들어가고 싶은 곳이랍니다. 그걸 버리는 건 말도 안 되죠!

특히나 현재 작가들이 가장 취재하고 싶은 장소는 학교입니다. 직장은 다른 데로 이직하는 방법도 있지만, 학창 시절은 아무리 노력해도 돌아오지 않으니까 말입니다.

　돈을 내서라도 고등학교 생활을 다시 보낼 수 있다면, 전 얼마든지 낼 자신이 있습니다. 진심으로요.

　네? 작가라는 직업을 통해 배우는 건 없냐고요?

　그야 물론 있죠! 있지만, 과연 쓸 일이 있나 싶기도⋯⋯. 으~음, 작가라서 잘 모르겠네요.

　참고로 이번 2권에서는 귀여운 인형 옷이 등장합니다.

　일종의 마스코트 캐릭터인데, 예전에 이걸 한번 취재해 본 적이 있습니다.

　취재라고나 할까, 대타로 인형 옷 안에 들어간 거지만 말이죠.

　딱 하루만 도와줬을 뿐인데 다시는 하기 싫더라고요.

　저는 지금까지(주로 업무상) 여러 코스프레를 한 적이 있지만, 그중에서 인형 옷이 제일 힘들었습니다.

　흔히들 말하는 냄새는 그렇다 쳐도, 덥고 무거워서 죽겠더군요. 이건 그냥 중노동이나 다름없습니다.

　사실 이번 마스코트 캐릭터 소재도 '뭔가 재미있는 방어구가 없을까. 그러고 보니 검도에서 쓰는 방어구는 냄새가 지독하던데. 아, 맞다. 냄새 나고 푹푹 찌는 방어구라고 하니, 예전에 딱 한 번 대타로 뛴 인형 옷이 떠오르네⋯⋯ 옳거니!' 라는 의식의 흐름을 통해 떠올렸거든요.

　모두가 아는 그 귀여운 인형 옷 안에는 지옥과도 같은 열기와 무게랑 싸우는 용감한 전사가 있다는 사실을 꼭 기억해 주셨으면 합니다.

참고로 겨울인데도 무진장 덥더라고요.

이번에도 토베 스나호 님을 비롯해 많은 분들의 도움을 받았습니다.

덕분에 어찌어찌 2권을 낼 수 있었습니다. 진심으로 감사드립니다.

다음엔 더 노력하겠습니다.

그럼 이걸로 끝…… 인 줄 알았는데 이다음 페이지에도 단편이 수록되어 있습니다!

머리부터 발끝까지 즐기셨으면 합니다!

감사합니다──!

타구치 센넨도

오늘도 위기가 닥쳤다. 장사를 하다 보면 위기는 언제든 닥치는 법이다.

"아……. 이런 게 아닌데. 내가 옛날에 썼던 건, 좀 더 가느다랗고 들기 편했거든. 가느다랗고, 들기 편했거든……."

"할아버지, 좀 더 구체적으로 말씀해 주실래요?"

"흐음…… 내가 소싯적에 전쟁터에 나갔을 때는……."

나는 아까부터 1시간 가까이 똑같은 얘기만 반복하는 노인 손님을 상대로 악전고투를 벌이는 중이었다. 하필 이런 와중에도 손님들이 계속해서 들어오니 정신이 없었다.

평소에는 아무도 안 오는데, 왜 꼭 손님들은 한번에 우르르 몰려오는 걸까. 좀 순서대로 한 명씩 오면 얼마나 좋아.

"힘을 원하는가―― 어떠한 힘을 원하는가――?"

"이 검의 성능 말인데――."

내가 노인을 상대하는 동안, 가 씨가 다른 손님을 상대로 무기를 설명했다. 우리 가게에서 취급하는 무기 관련 정보는 가 씨의 머릿속에 전부 저장되어 있다. 설명은 가 씨한테 맡기면 된다.

그런데도 손님은 더 있었다. 평소 같았으면 이럴 때 아리체나 릴도 거들어 주곤 하지만, 하필 이번에는 그 둘도 없었다. 아리체는 자리를 비울 수 없는 중요한 작업을 하는 중이고, 릴은 모험자로서 퀘스트를 수행하는 중이다.

그렇기에 지금 가게 안에는 나랑 가 씨랑——.

"어서 오십시오~!"

카운터에서 활기차게 손님을 접대하는 에란티밖에 없었다.

"다 합해서 20만 가츠입니다! 감사합니다! 좋은 모험 하시길!"

에란티의 활기찬 접객 덕분에 손님도 웃는 얼굴로 무기를 빌렸다. 돈 계산과 접객 모두 뛰어난 재능을 지닌 에란티는 카운터 자리가 제격이었다.

그렇게 생각했는데——.

"저기요, 언니, 잠시만 괜찮을까요? 이 무기 말인데요……."

한 손님이 카운터에 지팡이를 가지고 갔다.

"아, 저어, 무기에 관한 설명은 저보다는 저쪽——."

에란티가 나한테 접객을 맡기려고 했지만, 나도 가 씨도 나른 손님을 상대하느라 바쁜 참이었다.

"이 지팡이 말인데요. 다른 무기에 비해 어떤 점이 다른가요? 공격력이 그리 뛰어난 것처럼 보이진 않는데요……."

"그, 그게……."

웃음 지은 에란티의 얼굴에 그늘이 드리웠다.

야, 에란티, 그건 내가 저번에 가르쳐 준 거잖아!

사용 방법을 그새 까먹은 거냐!

"이, 이건 그거예요! 엄청 강력한 둔기라서, 이렇게 퍽퍽 때려면 돼요!"

무슨 설명을 그렇게 대충하고 있냐! 게다가 지팡이 좀 조심해서 휘둘러. 아까 옆에 있는 가 씨의 머리를 스쳤다고!

"그게 아니야, 아가씨."

옆에서 참견한 사람은 지금 내가 접객 중인 노인이었다.

불과 조금 전까지만 해도 비틀비틀 걷던 노인이 갑자기 허리를 쭉 펴더니 에란티로부터 그 지팡이를 빼앗아 손잡이 부분을 비틀었다.

"이건 말일세. 소드 스틱이지. 안에 검이 들어가 있어서 검을 숨긴 채 돌아다닐 수 있다고. 호호오, 역시 이 가게에도 있었구먼. 내가 소싯적에 썼던 놈이랑 아주 똑 닮았어. 이걸 빌려도 되겠는고?"

날을 바라보며 감탄하는 노인은 표정도 말투도 아까랑은 완전히 딴판이었다.

소드 스틱이랑 무척이나 잘 어울렸는지, 그 모험자도 흔쾌히 순서를 양보해 주었다.

노인의 계산을 마친 뒤, 나중에 온 모험자와 가 씨가 접객 중인 손님까지 모두 계산을 끝낸 뒤에야 피크 타임이 지났다.

"으으, 미안해……."

이제야 한숨 좀 돌리고 있을 때 에란티가 어깨를 축 늘어뜨렸다.

"난 내가 개발에 협력한 무기 말고는 아는 게 아무것도 없거든. 방금 그 소드 스틱도 그렇고, 무기의 자세한 사용 방법은 하나도 몰라."

"으~음, 듣고 보니 그렇군."

그렇잖아도 아리체의 무기는 특별하다. 나나 릴은 실제로 그 무기를 휘둘러보고 사용 방법을 확인할 수 있지만, 에란티는 그렇지 않다.

머리도 좋고 운동 신경도 좋은 그녀지만, 무기의 사용 방법에 관해서는 초짜나 다름없었다.

그런 에란티에게는,

"교육이 필요하겠군."

가 씨가 그렇게 중얼거렸다.

가게가 한가한 시간을 골라 특별 훈련이 시작되었다.

"좋~았어. 해 보자!"

기합이 잔뜩 들어간 에란티는 현재 비키니 아머를 착용 중이었다. 안전을 위해 가게에 있는 갑옷 중에서 방어력이 가장 높은 것을 고른 모양인데, 본인만 괜찮다면야 상관은 없겠지.

정원으로 나온 에란티는 손에 일반적인 롱 소드를 쥐고 있었다. 상대는 성능 시험용으로 준비한 슬라임 인형이었다.

"좋다. 그럼 훈련을 시작하겠다."

가 씨의 눈이 빛났다.

"나보다 기합이 더 잔뜩 들어간 것 같은데, 가 씨?"

"당연하다. 이건 나의 기능을 시험할 좋은 기회이기도 하니까."

가 씨의 머릿속에는 아리체가 만든 무기 관련 정보가 전부 들어가 있다. 공격력이나 가격은 물론, 사용 방법까지 완벽하게 입력되어 있다.

이번에는 그것을 활용할 목적도 있었다. 가 씨가 무기 사용 방법을 지도할 수 있다면 '신병 훈련 서비스'도 가능하지 않겠냐는 생각이었다.

에란티가 스스로 실험대에 오른 것도 그쪽 이유가 더 컸다. 초짜인 그녀가 어디까지 검을 다룰 수 있을지 볼 만하겠는데…….

"먼저 무기를 잡는 방법부터 설명하겠다. 에란티, 먼저 검을 양손으로 단단히 쥐고 허리를 숙여라. 그리고 검 끝을 상대의 목 쪽으로 겨누어라."

"으, 응. 한번 해 볼게. 검이란 거, 생각보다 무겁네."

에란티가 롱 소드를 겨누었다. 초짜답게 중심이나 팔 위치가 엉성했다. 이런 자세에서 검을 휘둘렀다간 몸이 다 나갈 것 같은데…….

"에란티, 오른발을 있는 힘껏 뒤로 빼 봐라."

"이렇게? 자세가, 이게 뭐야?"

"그리고 이번엔 뒤로 뺐던 오른발을 다시 절반 정도 앞으로 뻗어 봐라."

"이렇게? 어라? 이거 왠지…….'

에란티의 자세가 갖춰져 갔다. 중심은 완벽했고 검을 쥔 팔도 올라갔다. 내가 검을 겨눌 때와 거의 차이가 없을 정도로 자세가 좋아졌다.

"방금 그거 뭐야?! 어떻게 한 거야, 가 씨?!"

"몸에 부담을 주지 않고 최적의 중심을 잡기 위해 가장 알기 쉬운 방법을 택했을 뿐이다. 개인차가 있으니 이건 에란티에게만 적용할 수 있는 방법이지만."

"다른 손님을 지도할 때에도 그 사람에 맞는 방법을 알 수 있는 거야?"

"물론이다."

굉장해. 역시 석상이로군.

여태껏 '힘을 원하는가――.' 라는 말밖에 하지 않아서 분명 말주변이 없을 줄 알았는데, 다른 사람을 지도하는 데 전념하니 우수한 선생님과 전혀 다를 바 없는 모습이었다.

"잘했다. 그럼 다음 단계로 넘어가지. 에란티, 눈앞에 있는 인형을 베어라."

"으, 응. 우와~ 왠지 긴장 돼."

"숨을 커다랗게 토해 내면서, 코테츠에게 분노를 발산할 작정으로 검을 휘둘러 보거라."

"아, 그거라면 왠지 할 수 있을 것 같아."

할 말은 참 많았지만, 이것도 다 가 씨의 정확한 지도 방법일 테지. 에란티의 호흡이 차분해졌다.

그리고 에란티가 롱 소드를 드높이 치켜들고는,

"코테츠, 이 바보————!"

힘껏 휘둘렀다!

그 순간, 나는 강렬한 살기를 느끼고 몸을 숙였다.

조금 전까지 내 목이 있던 곳을 검이 맹렬하게 회전하며 지나갔다. 그리고 그것은 정원 테이블에 박혔다.

"어라~ 미안. 실수했어!"

에란티가 혀를 비죽 내밀며 사과했다.

"야, 조심해야지! 가 씨, 검을 쥐는 방법도 확실하게 가르쳐 줘!"

"으음…… 방금 그건 최적의 악력이었을 텐데."

"손에서 홀라당 빠져나갔는데 뭐가 최적의 악력이라는 거야! 에란티, 이번엔 제대로 해 봐."

"괜찮아, 괜찮아. 맡겨만 줘!"

무진장 신용하기 어려운 말을 입에 담으며 에란티가 다시금 검을 겨누었다. 가 씨에게 배운 대로 해서 그런지 이번엔 자세를 한 번 만에 잘 잡았다.

"코테츠, 이 멍청이————!"

에란티가 다시금 검을 휘둘렀다.

이번에는 나도 확실하게 보고 있었다. 비키니 아머를 입은 덕분에 에란티의 근육 움직임이 고스란히 눈에 들어왔다. 어깨에서 힘을 적당히 빼고 상단에서 휘두른 검은 도저히 초짜의 실력으로는 보이지 않을 만큼 깔끔한 움직임을 보였다.

그 움직임으로 에란티의 검이 슬라임 인형의 오른쪽 어깨를 가르——.

는가 싶었는데, 인형을 고정하고 있던 받침대에 부딪쳤다. 그 바람에 또 손에서 검이 홀라당 빠져나갔다.

회전하며 날아간 검이 가 씨의 머리에 박혔다.

"우와앗! 가 씨, 괜찮아?! 안 아파?"

"문제없다. 이 정도라면 자동적으로 수복할 수 있으니까."

나는 가 씨의 머리에서 검을 뽑고 상처 자국을 확인했다. 정말로 석상인데도 검이 박혀 있던 부분이 아물어 있었다. 가 씨는 단단할 줄 알았는데, 그래도 역시 아리체의 무기는 박히는구나 싶었다.

"미안해, 가 씨!"

에란티가 곧바로 고개를 숙였지만,

"아니, 이건 내 책임이다. 올바른 자세에서 베지 않았기 때문에 이렇게 된 거지. 아무래도 내 지도 방법이 잘못된 모양이다. 누구나 안전하게 이용하지 못한다면 아무 소용이 없다."

오히려 가 씨는 반성하는 모습이었다.

하지만 방금 에란티가 검을 휘두른 자세는 내가 봐도 완벽했다. 대체 무엇이 문제였을까…….

"그럼 이번엔 무기를 바꿔 보도록 하겠다. 이번엔 창이다. 이거라면 손에서 빠져나갈 염려는 없겠지."

가 씨가 슬라임 인형 옆에 세워 둔 창을 쳐다보았다. 음, 이거라면 악력이 부족해도 손에서 홀라당 빠져나가지는 않을 것이다.

"응, 이러면 돼?!"

가 씨의 지도에 따라 에란티가 창을 쥐었다. 역시나 이번에도 완벽한 자세였다. 이대로 앞쪽을 향해 달려 나가면 상대가 그 어떤 마물이라 할지라도 제대로 꿰뚫을 수 있을 테지.

"에란티, 그 인형을 꿰뚫어 보거라."

"간닷! 코테츠, 이 얼간이————!"

창을 겨눈 에란티가 슬라임 인형을 향해 돌격했다. 힘차게 앞으로 내지른 창이 슬라임 인형의 가슴에 박히── 는가 싶었는데.

"우와아아아아아악!"

에란티의 손에서 벗어난 창이, 어째선지 슬라임 인형 바로 뒤에 서 있던 내 심장을 향해 힘차게 날아들었다.

"왜 이쪽으로 날리는 건데?!"

"내가 어떻게 알아! 오히려 내가 따지고 싶다고!"

에란티는 오히려 적반하장으로 화를 내는 모습이었다. 그런데 방금 그 창의 움직임은 대체 뭐였지. 단단히 쥐고 앞으로 똑바로 내지른 창이 왜 나를 향해 날아오는 거냐고. 저런 건 고의로도 못 할 텐데.

"그럼, 에란티가 잘 다루는 크로스보우는 어떻겠나."

크로스보우는 가 씨의 머리 위에 놓여 있었다.

이거라면 괜찮겠지. 내가 저번에 붉은 털의 갈라틴과 싸웠을 당시에 크로스보우로 지원해 준 사람이 바로 에란티였다. 다시 말해 그녀는 이걸 사용한 경험이 있다.

"그래! 이거라면 쉽지! 그냥 화살을 메기고 방아쇠만 당기면 되잖아?"

에란티는 여유로운 표정으로 레버를 돌려 시위를 당기고 거기에 화살을 메겼다. 준비하는 데 시간이 오래 걸리지만, 그만큼 강력한 살상 능력을 발휘하는 무시무시하고도 간편한 무기다.

"그치만 그땐 조준을 아무렇게나 했었거든. 실제로 조준해서 써 본 적은 없어."

"하지만 방아쇠만 당기면 된다. 어깨에서 힘을 빼고, 조준하는 지점의 바로 아래를 노린다는 생각으로 해 보거라."

"응!"

가 씨의 지도에 따라 에란티가 크로스보우를 쏘았다.

캉, 캉, 경쾌한 소리가 두 번 났다.

첫 번째 소리는 슬라임 인형의 받침대에 화살이 맞는 소리였고, 두 번째 소리는 내가 잽싸게 꺼낸 프라이팬에 화살이 맞는 소리였다. 이럴 때를 대비해서 챙기길 잘했지.

"아니, 그러니까 왜 자꾸 나한테 날려 대냐고!"

이제 에란티는 이상하다는 눈길로 가만히 크로스보우만 쳐다볼 뿐이었다.

이렇게나 무기 다루는 재능이 없는 사람은 처음이었다.

"그건 그렇고, 너 식칼 써 본 적은 있어?"

"한 번은 있었는데, 우리 엄마가 다시는 쓰지 말래."

"아아……"

대체 무슨 일이 있었는지 대강 상상이 갔다.

"아직 포기하기엔 이르다."

가 씨는 희망을 버리지 않았다.

"이렇게나 재능이 없는 사람은 처음이지만, 반대로 말하자면 그 에란티도 다룰 수 있는 매뉴얼을 마련하면 된다. 그리하면 어린아이라 할지라도 무기를 다룰 수 있을 터."

"거참 긍정적이네."

어린아이가 무기를 쓰는 건 좀 그렇지 않나 싶지만, 여행을 갔다가 마물에게 습격을 당하는 경우도 있다. 방어 수단의 하나로 배우는 건 나쁘지 않을 듯싶었다.

　문제는 그걸 위해 넘어야 할 난관이 이상하리만큼 높다는 사실이다.

　"나도 노력해 볼게! 무기를 다룰 수 있으면 모두에게 도움이 되는걸!"

　에란티도 한껏 의욕을 불태우는 중이었다. 의욕이 넘치는 그녀에게 찬물을 끼얹는 것도 좀 그렇지만…….

　"그래, 손님을 위해서라도 노력해 보는 거야!"

　여기서 물러나면 가 씨도 체면을 구기게 된다.

　남자라면 마지막까지 함께해야 하지 않겠는가.

　──라고 생각했던 시절이 나에게도 있었지.

　약 두 시간 후.

　"하압!"

　청아한 기합 소리와 함께 참격이 펼쳐졌다. 검을 비스듬한 방향으로 휘둘러 몸통을 베었다가, 검을 뒤로 빼며 팔을 베었다. 그리고 다시 한번 정면을 향해 검을 겨누고는 일직선으로 휘둘러 몸통을 갈랐다.

　너덜너덜해진 슬라임 인형을 보고 나서 아리체가 손에 쥔 검을 쳐다보았다.

　"완성했어!"

어찌나 기뻤는지 목소리를 내며 기뻐했다가, 화들짝 놀라 입을 막는 아리체였다.

아니, 실제로도 대단했다. 무기를 만들어도 자신이 직접 쓰지는 못해서 다소 불만이었던 아리체였으나, 가 씨의 지도와 매뉴얼 덕분에 순식간에 성장했다. 단 30분 만의 준비를 통해 벌써 그 정도 수준까지 다룰 줄이야.

"해냈구나, 가 씨!"

"음, 해냈다, 코테츠."

나와 가 씨가 마주 보며 서로의 마음을 확인했다. 만약 가 씨가 팔을 움직일 수 있었다면 분명 우리는 뜨거운 악수를 나누었을 테지.

[이거, 가게에 진열할 거야?]

아리체가 스케치북을 손에 쥐고 물었다.

"어. 무기와 방어구를 세트로 대여할까 싶어."

[그럼 신출내기 모험자 세트에 포함하는 건 어때? 이런 걸 필요로 하는 손님이잖아.]

우리 가게의 단골손님 대부분은 주머니 사정이 여유로운 베테랑 모험자들이다. 반면에 신출내기 모험자는 주머니 사정이 넉넉지 않아 싸구려 방어구를 빌리는 게 고작이다. 하지만 책이라면 그리 비싼 가격을 책정할 필요도 없으니 박리다매 식으로 매상을 올릴 수 있을지도 모른다.

"이야…… 그건 그렇고 정말 다행이야……."

매뉴얼과 우리 주위에는 다양한 것이 널브러져 있었다.

부러진 검, 망가진 테이블, 구멍이 파인 잔디밭, 사방에 널브러져 있는 내 머리카락, 가 씨의 파편, 그리고 기타 등등———.

가게 정원만 마치 전쟁터가 된 것처럼 처참한 광경이었다.

"좋~아어. 이번엔 어떤 무기를 써 볼까? 해머? 활? 상품은 아직 잔뜩 있어!"

그 중심에 있는 에란티는 아직도 의욕을 불태우는 중이었다.

"그럼 난 슬슬 저녁 식사를 준비하러 가 볼게."

"잠깐! 다른 무기 매뉴얼도 만들어야지! 아직 안 끝났어!"

"그럼, 가 씨. 부탁———."

하려고 말을 꺼냈다가 가 씨의 모습이 없다는 사실을 알아차렸다.

저 녀석, 순간 이동으로 도망쳤잖아!

"자, 코테츠! 다음 거 하자, 다음 거! 이번엔 이 철퇴로 어때?"

"사, 살려 줘! 난 죽기 싫다고!"

에란티가 쥔 곤봉의 가시가 내 옷을 할퀴었다. 왜 또 이런 식으로는 잘 쓰는 건데!

———결국, 매뉴얼은 렌탈 매상 상위를 차지할 정도로 잘나갔다. 신출내기 모험자뿐만 아니라, 무기 연구가나 퀘스트가 없는 한가한 모험자 등, 새로운 고객층도 확보할 수 있었다.

에란티를 비롯하여 다들 새로운 상품을 완성했다는 사실에 몹시 기뻐했지만, 난 그저 네 바늘만 꿰매고 끝났다는 행운에 기뻐할 따름이었다.

SHOPPERS COLUMN 4

—◦○◦—

가 씨가 손수 편찬한 인기 만점 만능 매뉴얼

무기를 소지하는 법, 쥐는 법, 공격하는 방법, 방어하는 방법, 손질하는 방법 등 무기를 다루는 모든 방법이 망라되어 있다. 만약 이걸 읽고도 궁금한 점이 있으면 언제든지 나한테 오도록. 서비스로 가르쳐 줄 테니. 그 어떤 초짜라 할지라도 이걸 읽으면 무기 다루는 법을 익힐 수 있다. ……아니, 그 어떤 초짜라 할지라도, 라는 표현은 어폐가 있군. 극히 일부지만 예외는 존재하기 마련이니까.

렌탈 무기점 아리체 2

2022년 11월 20일 제1판 인쇄
2022년 12월 01일 제1판 발행

지음 타구치 센넨도 | **일러스트** 토베 스나호

발행 영상출판미디어(주)
등록번호 제 2002-000003호
주소 07551 서울특별시 강서구 양천로 570 NH서울타워 19층
대표전화 02-2013-5665

ISBN 979-11-380-3666-5
ISBN 979-11-319-5467-6 (세트)

RENTAL WEAPON SHOP ARICHE Vol.2
ⒸSennendou Taguchi, Sunaho Tobe 2016
First published in Japan in 2016 by KADOKAWA CORPORATION, Tokyo.
Korean translation rights arranged with KADOKAWA CORPORATION, Tokyo.

구매 시 파손된 도서는 구매처에서 교환하실 수 있습니다.
기타 불편사항, 문의사항이 있으신 독자님께서는 노블엔진 홈페이지 [http://novelengine.com] 에서
Q&A 게시판을 이용해 주시기 바랍니다.

 노블엔진(NOVEL ENGINE)은 영상출판미디어(주)의 라이트노벨 및 관련서적 브랜드입니다.

옆집 천사님 때문에 어느샌가 인간적으로 타락한 사연
6

2023년 1월 애니메이션 방영

마히루가 곁에 있어 준 덕분에, 그리고 스스로의 의지로, 아마네는 씁쓸한 과거에서 고개를 돌리지 않고 털어낼 수 있었다. 아마네의 고향 집에서 마히루를 귀여워하는 부모님과 가족의 온기를 느끼며 기뻐하는 마히루. 그 모습을 훈훈하게 지켜보는 아마네는 자신의 곁에 있어 주는 마히루의 고마움을 다시금 실감하고, 마히루의 곁을 지키자고 결심한다.

여름도 막바지에 접어들었을 무렵, 둘이서 함께하는 여름 축제 나들이. 조금씩 솔직하게 마음을 전하기 시작하는 아마네와 마히루의, 여름날의 추억이 하나둘 쌓이고──.

한여름을 수놓는 정겨운 축제 풍경
귀여운 연인과의 풋풋한 사랑 이야기

사에키상 지음 │ **하네코토** 일러스트 │ **2022년 12월 제6권 출간**
청춘의 상상, 시동을 걸어라!

겉은 성녀, 속은 야수. 귀족 아가씨의 미소로 본성을 감추고,
소녀는 파란으로 가득한 두 번째 세계에서 무쌍한다!!

새비지팽 레이디
사상 최강의 용병은
사상 최악의 잔학 영애가 되어서
두 번째 세상을 무쌍한다
1~2

'신에게 선택받은 자'의 증표로 일컬어지
눈부시게 빛나는 머리카락의 소유자이자 궁
의 마력을 지닌 공작 영애, 밀레느. 우아하
머리카락을 휘날리며, 어여쁘게 검을 휘두르
왕국 제일의 미소녀 검사. 그러나 그 속은…
《야만스러운 송곳니(새비지팽)》의 별명을 지
사상 최강의 용병?!

경이적인 신체 능력만으로 수많은 적을 해
운 전설의 전사는 엄청난 마력을 자랑하는
적의 영애였다! 파격적인 마력과 전투력을
비한 소녀는 대륙에 이름을 떨치는 맹주의
녀를 끌어들여 세계의 정세를 뒤바꾸어 나
다……!

호쾌한 역사 회귀×빙의 판타지! 개막!!

©Kakkaku Akashi, Kayahara 2021
KADOKAWA CORPORATION

아카시 칵카쿠 지음 │ **카야하라** 일러스트 │ **2022년 10월** 제2권 출간

청춘의 상상, 시동을 걸어라!